La pulsera de bronce

Becca Fernández

DEDICATORIA

A la luz, porque sin ella no seríamos nada.
A Bernat, por tu sentido del humor y tu cariño.
A Marc, para que cuando seas capaz de leer este libro,
puedas conocer un mundo Nuevo y fantástico que te
ayude a entender major las cosas por las que merece la
pena vivir.
A mis padres, familiars y amigos, porque SIEMPRE
habéis creído en mí.
A ti, que tienes este libro en tus manos, disfrútalo y
recuerda,
Nunca estarás solo...

ÍNDICE

PRÓLOGO

Muchos han sido los relatos sobre batallas, reyes, princesas, criaturas celestiales, y no tan celestiales, monstruos, pequeños y grandes héroes, y en definitiva, una lucha más entre el bien y el mal.

Hay un relato que todavía no te ha sido contado y que está en tus manos ahora mismo. Una historia en la que todo puede cambiar, o todo debería cambiar. El misterio de una profecía que encierra el secreto de la felicidad de todo un reino, la seguridad de todo un pueblo y la unión entre diferentes razas para combatir el mal de manera definitiva.

El Reino de Lyoda es vasto y se extiende desde los bosques Kiar (habitados desde siempre por elfos, y donde la madre naturaleza cobra una vital importancia), hasta la frontera con las montañas Voar, habitadas por toda clase de seres desconocidos para el ojo humano. Torkiam es una pequeña Villa situada en el extremo occidental del Reino de Lyoda, lugar donde humanos, elfos y otras criaturas mágicas, y no tan mágicas, han cohexistido durante mucho tiempo.

Torkiam era una zona cálida, feliz, con muchos recursos alimenticios y donde cada habitante tenía tiempo para sus quehaceres, aunque también para el ocio y la diversión.

Por aquel entonces eran archiconocidas las carreras de jabalíes, donde los que eran muy altos casi siempre perdían, por tener unas piernas tan largas arrastrándose por tierra. Los jabalíes eran bestias grandes y fuertes en aquellos años, y tan sólo dominar a uno era tarea ardua y costosa. Sólo los más atrevidos y valientes lograban llegar ilesos (y todavía a lomos de la criatura) a la meta final.

El premio consistía en una calabaza Torkiamiana (las calabazas Torkiamianas podían llegar a medir lo mismo que un carro de carga), y esta estaba repleta de alimentos para todo un año: lechugas, remolachas, patatas, zanahorias, jarras de barro llenas de levadura y harina para hacer pan, toda clase de fiambres y jamón. Bien se ha de decir, esta era una actividad frecuentada por hombres, las mujeres preferían participar en los concursos de pasteles. Eso sí que era un auténtico paraíso.

Cada primer sábado de mes, las mujeres ya casadas salían a la pradera rojiza, lugar favorito de los Torkiamianos para disfrutar de la naturaleza. Colocaban una larga mesa decorada con manteles de ganchillo y seda blancos y con florecitas silvestres.

Después ponían copas de cristal talladas por los elfos de la villa, y jarras de aguamiel. Por último colocaban los pasteles, separados cada uno a cinco centímetros del otro. Normalmente podíamos contar con unos setenta pasteles de diferentes tamaños, colores, sabores y olores que no dejaban a nadie indiferente.

El premio al mejor pastel, aunque se ha de decir que a veces había empate, era un vestido de las mejores telas y encajes que ninguna mujer podía desear.

Lo encargaban a una joven elfa llamada Erin, la cual vivía en los bosques Kiar, cerca de la región de Torkiam, y que gustosamente diseñaba y cosía para estas grandes ocasiones.

Erin era uno de los muchos elfos que convivían con los humanos en el Reino de Lyoda. Los elfos eran seres mágicos muy respetados por el ser humano y de gran sabiduría y fuerza. Vivían en "clanes" diferentes, con distintas tareas y misiones, y la misión del clan de Erin era la de proteger al pueblo de Torkiam de cualquier tipo de mal ajeno, y por supuesto del enemigo. Y en efecto, había un enemigo.

En las colinas Macor, al otro lado de los valles de Mirca y Surca, y más allá de la región de Torkiam, se había formado una criatura oscura, que poco a poco había tomado más fuerza y que poseía un poder indestructible, la reina Vermella.

Vermella, que en otros tiempos fue una

ninfa musical, cuyo destino era traer paz y tranquilidad al mundo utilizando como medio la música, se había revelado contra Eak, dios de la sabiduría absoluta de nuestras tierras y nuestras eras.

Eak era conocido como el Alfa y la omega, lo más grande, lo más sabio, un ser supremo y divino, que sólo había procurado el bien ajeno desde el principio de los tiempos. Vermella fue un ser magníficamente bello, daba miedo mirarle a los ojos aunque al mismo tiempo desprendía una paz indescriptible y misteriosa. Pero el ego y la autosuficiencia se le subieron a la cabeza, y Vermella empezó a cobijar en su interior una especie de orgullo y de vanagloria que pronto le llevaron a enfrentarse por el poder con el gran Eak, y este le desterró para siempre de sus designios.

La ira de Vermella se alzó de tal manera que desde aquel día empezó a utilizar su belleza y su más preciado don, la música, para engañar y destruir a humanos, elfos, ninfas y enanos. Tomó forma humana y no tardó en hacerse con un numeroso ejército, que ella misma creó mediante brujería y oscuros hechizos, unos seres horribles y sanguinarios llamados "Zutaks". Empleó años y años de dedicación al entrenamiento de todo su ejército de Zutaks, los entrenó con armas y con magia, y hasta llegó a crear una marca en forma de "V" roja sobre sus frentes...

"Con mi ingenio y mis fuerzas aquí reunidas"—se dijo, "me enfrentaré de nuevo al poderoso Eak, y ésta vez no fallaré".

Nuestra historia se dibuja alrededor de una misteriosa profecía que sólo había sido dada a unos cuantos pueblos, más concretamente a las tierras que ocupaban el Reino de Lyoda, pues Eak así lo había querido, viendo que aquellas gentes eran buenas, humildes y con un gran corazón.

Si bien el ser humano tiene también otras capacidades, a veces no tan sabias ni prudentes, la profecía había llegado a los rincones más lejanos y perdidos, llegando incluso a oídos de la mismísima Vermella.

Dicha profecía contaba la historia de un día especial, en un momento especial, donde se celebraría una gran ceremonia, y los jóvenes de veinte años de edad de una aldea en concreto, serían entregados a elegir su destino. Ese destino estaba forjado a la suerte de una pulsera, que si bien no era más que un trozo fundido de bronce, poseía el don de sanar y curar cualquier herida física y mental que el portador tuviera. Se dispuso también, para probar el corazón y la fe de aquellas gentes, que la pulsera fuera robada un día, y que muchos la buscarían, pero fracasarían en el intento.

Sólo una persona estaba destinada a encontrarse con aquella pulsera, y no sólo cambiaría el curso de su vida, sino el de muchas más.

Vermella conocía también acerca de esta profecía, y enfundada en su ira y acordándose aún de su destierro, juró que no descansaría hasta encontrar esa pulsera y privar así a aquellas gentes, de la sanidad y la paz que muchos necesitaban. Era el comienzo de una nueva batalla, el bien y el mal volverían a encontrarse...

Becca Fernández

Capítulo 1

UNA VIDA NORMAL

Nada más salir el sol, y apenas habiéndolo sentido en su cara, Nortem se despertó con un ligero bostezo y un suave frotar de ojos.

—¡Vaya! —se dijo,—Creo que por fin he conseguido dormir más de seis horas seguidas, ya era hora—

Nortem era un muchacho de unos diecinueve años de edad, muy responsable y un ser lo suficientemente agradable como para pasar horas y horas hablando y riendo con él. Poseía un atractivo bastante notable, era alto y algo musculoso, el cabello corto, desaliñado y de un rubio cobrizo que a la luz del sol brillaba con una intensidad maravillosa. La tez clara y una sonrisa ancha, la cual provocaba que le salieran unos graciosos hoyuelos.

Era prácticamente el chico perfecto, si no fuera por su condición económica, pues era algo pobre, y su condición física, pues era ciego. Una complicada operación de parto dejó a su madre sin vida, y al pobre Nortem sin vista. Compartía una bonita casa de campo a las afueras de Torkiam con su padre, Troiik.

Torkiam no era muy grande, pero seguía

siendo, y con orgullo de sus habitantes, una bonita aldea de campo, donde todo aquel que allí residía, trabajaba gustosamente en algún comercio del centro o en actividades agrícolas a las afueras. Troiik era el panadero de Torkiam.

Tenía el horno-obrador colocado justo debajo de su casa, y la panadería en el pueblo. Era un hombre muy trabajador y amante de la naturaleza. Como sólo tenía un hijo y ambos amaban los animales, vivían rodeados de ellos. En la parte trasera de la casa se había construido un establo, allí guardaba dos vacas lecheras y un caballo de carga. Y dentro de la casa tenían dos hurones a los que Nortem amaba con locura, una jaula con tres periquitos, y una pecera con dos pececillos anaranjados que el mismo Troiik había pescado en el río Fier, que se encuentra en los bosques Kiar.

Troiik apenas contaba con treinta y ocho años de edad, se había casado joven y, de hecho, puede que aparentase alguno menos. Esto, y el tener un hijo de veinte años le había convertido en uno de los "viudos de oro" más codiciados de toda Torkiam. Por no hablar de su físico, era alto, esbelto, y a pesar de todo por lo que había pasado, tenía una mirada alegre y tierna.

Nortem era todavía más alegre y aventurero que su padre, al cual no había llegado a ver con sus propios ojos, y no sabía que pinta tenía todo

14

(Marginal handwritten notes:)
pride · Village · baker · He had · positioned · right · nature lover · Surrounded · barn · himself · had · fished · woods · which he found · barely · in fact · Slender · went thro' · he had a happy & gentle kind tender look · even than · own · alegre — cheerful · As he had only 1 son they both loved animals

aquello que le rodeaba, ni siquiera podía hacerse una idea.

Las descripciones de la gente, o incluso las de su propio padre, no eran suficientes para que él formase una imagen en su mente. Por suerte el tacto, el olfato, el oído y el gusto los tenía intactos, y Nortem se limitaba a disfrutar de esos cuatro sentidos en lugar de lamentarse por el que le faltaba.

"Hay que conformarse con lo que Eak nos ha dado a cada uno" —decía a sus amigos de vez en cuando."

Todo Torkiam conocía a Nortem, y estaban al corriente de su discapacidad visual, por eso habían realizado varias obras para su seguridad y comodidad en gran parte de la aldea. Obras tales como poner barandillas especiales, postes donde agarrarse, etc. No era muy común ver gente ciega por Torkiam, de hecho en ese momento sólo quedaban él y un anciano retirado a punto de morir que ya no salía apenas de casa. Su ceguera era algo inhóspito, pero la gente estaba maravillada con él y su manera de realizar cada tarea.

"Es increíble", —comentaban—es como si pudiera ver todo como tú y como yo lo vemos — se decían unos a otros.

En aquellos tiempos todo el mundo creía que cuando uno nacía, Eak lo bendecía con un don especial sobrenatural, o con capacidades sorprendentes como ya he mencionado antes, siempre para el bien ajeno. Pues bien, el don de Nortem era la pintura. Sin poder siquiera ver, era capaz de dibujar los más bellos paisajes, escenarios, figuras, o incluso a veces situaciones que jamás os hayáis podido imaginar. No es que le gustara mucho hacerlo, de hecho, el admiraba más el montar a caballo o el arte de amasar y hacer esos increíbles y sabrosos panes que hacía su padre.

Como cada primavera, durante la primera semana, cuando la estación invernal llegaba a su fin y se podían observar los primeros brotes en los almendros y escuchar a los pájaros emitir sus más dulces melodías, las celebraciones de Torkiam daban comienzo, y con ellas, un estallido de alegría, ajetreo continuo, diversión y trabajo para todos los habitantes de Torkiam.

Todo el mundo se echaba a las calles de esta preciosa aldea para colocar sus puestos de venta y exhibición, donde más tarde podíamos encontrar cualquier tipo de producto alimenticio casero, de decoración, de limpieza, etc.

La tradición en Torkiam era pasarse el duro invierno confeccionando, construyendo y puliendo todo aquello que luego se ponía a la venta durante la semana de las celebraciones. Aparte de todo ese trabajo, también se dedicaba tiempo a descansar, pasear con amigos, comidas familiares al aire libre, torneos y carreras. Era una semana agotadora pero todo el mundo disfrutaba mucho esos días.

Troiik y Nortem estaban encargados del puesto del pan y los pasteles caseros. Era el puesto más frecuentado por las mujeres solteras, dada la presencia del apuesto y humilde Troiik, y el favorito de los niños por su gran variedad de bollos y pasteles recién horneados, que hacían de la calle en la que estaba colocado dicho puesto, un festival de olores y sabores. Ese año, gracias a la buena cosecha de trigo tenían más harina de la cuenta, así que, a parte de utilizarla para los bollos y el pan, decidieron hacer unos paquetes pequeños y vender la harina para uso doméstico.

—Padre —dijo Nortem esa mañana —si quieres me voy encaminando hacia la calle del "Olmo brancado" para ir colocando el puesto. He terminado de desayunar y ya estoy listo y aseado.

—Creo que no hay tanta prisa muchacho, ¿o es que necesitas verte con alguien antes? —Troiik, aunque joven, era astuto y conocía muy bien a Nortem. Le había estado observando durante todo ese último año, y sabía que el chico había hecho amistad con Kyria, la hija del carpintero de Torkiam.

–Padre, yo no te ocultaría nada, lo sabes —dijo Nortem un poco avergonzado al darse cuenta de que su padre había dado en el clavo —es más, te esperaré e iremos juntos—

—Como desees—le respondió Troiik con una sonrisa burlona mientras cargaba el último saco de harina en la carreta— pero luego no me eches la culpa porque no te dejo libertad para tus asuntos—

—Es igual padre, de veras—

—Está bien, —arrancó Troiik marchémonos hacia la calle del "Olmo brancado."—

Troiik y Nortem vivían un poco retirados de Torkiam, les gustaban el silencio y la naturaleza en su estado más puro, y fuera de la aldea los terrenos para construir no eran tan caros, así que se habían montado la vida allí, de la manera más práctica y económica. El trayecto desde su casa a la aldea de Torkiam no era excesivamente largo y merecía la pena disfrutar de aquel paisaje indescriptible, una mezcla de montaña nevada, prado verde y el azul del mar a lo lejos. Un auténtico paraíso para la vista...

—Me encanta este olor—dijo Nortem muy concentrado.

—La verdad es que toda la bollería está hoy en su punto —respondió Troiik.

—No me refiero a la mercancía, padre. Es la madre naturaleza la que me embelesa de una manera única—

Nortem intentaba describir cada olor, cada fragancia que percibía, mientras su padre le iba contando cómo era todo en realidad.

—Algún día —dijo Nortem con un hilo de esperanza en su voz —sé que Eak me concederá el don de poder ver, sé que Él ha creado todo esto para que pueda disfrutarlo, y algún día yo también podré deleitarme—

—Es mi oración cada mañana y cada noche hijo, solamente ten fe —contestó tiernamente su padre.

Y así, soñando y disfrutando de aquella maravilla terrenal, llegaron a Torkiam y con tan sólo cruzar un par de pequeñas calles, llegaron a la calle del "Olmo brancado". Era la calle que el mayor Triker les asignaba a ellos cada año para colocar su puesto.

—Buenos días Troiik —le saludaban las doncellas, y a veces hasta las mujeres casadas, desde las ventanas que daban a esa calle.

—Buenos días, señoras —contestaba él amablemente pero algo cortado.

—Pero bueno padre, cómo ha mejorado la

cosecha éste año ¿eh? bromeaba Nortem al oír las voces y risitas provenientes de arriba.

—Anda, deja de decir tonterías y baja a ayudarme con esto. Tenemos mucho trabajo — Troiik acercó un bastón de madera hecho por él mismo hasta su hijo, y este se valió del bastón para bajar de la carreta. Una vez el puesto estuvo montado, colgaron por encima y los laterales unos toldos de color rojo y crema, algo descoloridos ya por el sol y los años, y con algunos jirones sin importancia. Martyam, la madre de Nortem, los había confeccionado en vida, cuando ella también se dedicaba, junto a su marido entonces, al negocio del pan.

—Estos toldos son muy valiosos e importantes chico, ya sabes que los hizo tu madre con mucho cariño, y mientras se puedan arreglar esos jirones con algún parche, nos acompañarán a cada feria—

—Aún le echas de menos, ¿verdad padre?—

—Más que a nada en el mundo —contestó Troiik con la mirada fija en el toldo superior—pero Eak la tenga en su Gloria —y con estas palabras continuaron con su labor en silencio.

Habían transcurrido ya más de dos horas entre montar el puesto, los toldos, y colocar todo el pan y la bollería de una forma minuciosa y elegante. Cada barra, cada baguette y cada bollo llevaban al lado una etiqueta con el nombre del producto y el precio. Para aumentar más aún las ventas habían considerado también la posibilidad de ofrecer dos por uno en algunos de los productos, y gracias a Eak tuvieron mucha suerte.

Sólo en la primera mañana vendieron casi todo el pan que habían traído, y más de la mitad de la bollería.

Hasta el mismo Mayor Triker se había pasado por allí a raíz de escuchar los rumores sobre los productos deliciosos que horneaba Troiik el panadero, para comprobar en persona que tales rumores eran ciertos.

—¡Es increíble Troiik! —decía el mayor Triker todavía con la boca llena y dejando caer un poco de crema por la comisura de su labio—cada año te superas con estas maravillas para el paladar—

—¡Tenga cuidado, no se atragante!— arremetió Nortem con su risa sarcástica, muy propia de él—

—¿Ha visto que precios tenemos hoy? Dos por uno, ¡anímese mayor Triker! —Nortem no soportaba la idea de que el mayor, sólo por tener ese cargo, pudiera disponer gratuitamente de cualquier producto de Torkiam, y Troiik, viendo que el muchacho iba a abrir la boca de nuevo contra Triker, dijo:

—¡Tome!, llévele estos mazapanes de crema a su mujer e hijos, seguro que les encantarán —los metió en una bolsita de papel marrón y se los entregó al mayor, mientras le daba unas palmadas en la espalda a la vez que se despedía.

—¡Y vuelva cuando quiera!—
—¿Pero qué haces? —gruñó Nortem— es un auténtico aprovechado, si le dejamos, nos dejará sin género para la venta de hoy—
—No te enfades con él— dijo Troiik dulcemente— además él es quien nos provee con este espacio cada año, ¡y gratis!— Nortem suspiró para sí algo más relajado y continuó:
—es solo que le tengo manía, su mayor deseo sería que me casara con su hija Tronia, a quien no soporto y que tengo que ver cada día en la escuela. Menos mal que sólo tengo que oír lo que dice y que no puedo ver, porque seguro que es fea y gorda—
—¡Nortem!— gritó su padre —no te permito que hables así de esa pobre chica, sólo intenta ser agradable contigo, y para tu información, es bastante guapa.—Si tú lo dices...

No se podía decir que Nortem fuera un flirteador en toda regla. Sólo le habían gustado

dos chicas en toda su vida, una era Samia, amiga de la infancia que emigró a un país lejano debido al trabajo de su padre, y como consecuencia, no volvió a saber nada de ella. Fueron tiempos duros para Nortem. La segunda, y actual, era Kyria, compañera de la escuela y la hija del mejor amigo de
Troiik, Sumus, el carpintero de Torkiam.

La relación entre Nortem y Kyria era difícil de describir. No eran novios ni nada por el estilo, y tampoco habían hablado de esto cara a cara pero ambos sabían que se gustaban. Con tan solo diecisiete años, Kyria tenía unos tres o cuatro pretendientes más, por lo cual ella le parecía a Nortem un trofeo aún más interesante por conseguir. Se podía decir, eso sí, que eran muy buenos amigos y que podían contar el uno con el otro para lo que hiciera falta.

Capítulo 2

¡QUÉ SIGA LA FIESTA!

A la mañana siguiente, después de que el día anterior hubiera sido un día duro de trabajo en la panadería, con ventas exitosas de todos los productos, Troiik y Nortem, que habían pasado la noche en una de las posadas de Torkiam para vigilar mejor el puesto, se levantaron de muy buen humor y con ganas de disfrutar de otro soleado día de primavera.

—He dormido genial, padre —exclamó Nortem bostezando. De hecho, creo que podría dormir unas horitas más... —bostezaba de nuevo y esta vez se inclinaba hacia la cama.

—De eso nada muchacho —repuso su padre— tenemos otro largo día por delante y hay que aprovecharlo al máximo.

—Pero... Hoy no es día de ventas, ¿no? —se quejó Nortem, intentando escabullirse.

—No, pero hoy es el día de las carreras de jabalíes, los concursos de pasteles... Apuesto a que Kyria ha preparado uno muy especial pensando en ti, Nortem—.

Las carcajadas de Troiik hicieron que Nortem se sonrojara de tal forma, que este no tuvo más remedio que sonreír tímidamente y tirarle la almohada a su padre para que se callara.

—Venga Nortem, no es para tanto. Hay cosas que son obvias, y me haría ilusión que en estos temas fueras asentando un poquito la cabeza. Además, dentro de seis meses cumplirás veinte años, una fecha muy bonita y una edad madura para ir pensando en ciertas responsabilidades, ¿no crees?—
Troiik seguía sonriendo pero Nortem tenía cara de confusión y reflejaba un ápice de melancolía.

—En el fondo sé que tienes razón, —dijo Nortem asintiendo con la cabeza—, es sólo que, lo pienso en frío y... no sé hasta qué punto estoy enamorado de Kyria, o si tan siquiera lo estoy, o si tal vez es sólo la relación que tenemos como amigos desde hace tantos años. A veces me da la impresión de que sólo puedo quererla como a una hermana, y siempre llego a la conclusión de que, si pudiera verla, si pudiera ver sus ojos, su cabello, su rostro, cómo es ella en general... Supongo que eso ayudaría bastante.

—Hijo, en el amor no hay excusa que valga, y el amor no entiende de condiciones físicas, aparece y se queda, o simplemente no aparece.
Si a estas alturas no hay algo profundo e

interno que te diga que morirías por esa muchacha, quizá entonces tengas razón y no es la persona adecuada para ti. De todos modos, guarda y cuida la amistad tan bonita que tienes con ella, quién sabe si algún día...—Troiik volvió a sonreír suspicazmente y le dio un golpe suave en el hombro a su hijo.

—Anda, bajemos a desayunar y pongámonos en marcha, este año he estado entrenándome duro y quiero quedar en muy buena posición en la carrera de jabalíes—. Troiik llevaba más de cinco años compitiendo en esa carrera, y aunque nunca había resultado ser el ganador, su posición siempre había estado entre los seis primeros, llegando en una ocasión a ser el segundo.

La carrera consistía en intentar montar un jabalí y, sin caerse del animal, llegar hasta la meta, que se encontraba a la salida del pueblo. En total era como media milla de distancia, pero merecía la pena ver el esfuerzo de los jóvenes, y no tan jóvenes plebeyos y nobles, que se disputaban el primer puesto. Nadie llegaba ileso, siempre había rasguños, alguna que otra torcedura de tobillo, brechas y sobre todo, ropa llena de jirones y barro. Aún así, era un evento considerado de máxima diversión, y ningún hombre mayor de dieciséis años querría perdérselo. Nortem nunca había tenido la oportunidad de participar en esas carreras debido a su condición física, pero él mismo decía que no se le había perdido nada ahí, y a juzgar por su tono de voz, lo decía muy en serio.

—¡Nortem!, —gritó Troiik ya preparado y montado sobre el jabalí—, no te olvides de animar a tu padre. ¡Este año tenemos que ganar!—

Nortem se abrió paso entre la multitud como pudo, empujando torpemente con su bastón, hasta hacerse un sitio en la grada que protegía a la gente del camino que habían dejado libre para la carrera.

—¡Vamos padre!, ¡tú puedes!, ¡puedes hacerlo!—

El muchacho se estaba emocionando con la situación y la sonrisa que mostraba no cabía en su cara. Al otro lado de la grada, los participantes luchaban a lomos de las bestias por hacerse un sitio entre los primeros y llegar a la meta. Troiik no iba del todo mal, iba en cuarta posición. Estaba medio volcado hacia un lado, arrastrando una pierna, la cual llevaba ya llena de rasguños, y con las dos manos agarrando el cordel que llevaba el animal atado al cuello, para no caerse. Al doblar una de las calles, los que iban en segunda y tercera posición se empujaron entre sí, y cayeron al suelo, con lo que ambos quedaron descalificados. Troiik pasó a ocupar la segunda posición. Ya sólo le quedaba uno.

El primer corredor era nada más y nada menos que el padre de Kyria, su mejor amigo, Sumus. Con un silbido amigable, este se giró para ver quién era el que le llamaba, y al ver que era su viejo amigo Troiik, hizo un ademán de saludo con la mano, con lo que perdió el equilibrio y se cayó del animal, a tan sólo dos metros de la meta, dejando de este modo el primer puesto a Troiik.

—¡¡¡Hurra!!!—gritó emocionado Nortem al oír a la gente de alrededor pronunciar el nombre de su padre.

El padre de Kyria sonreía desde el suelo, algo avergonzado, mirando a su amigo Troiik.

—¡Bien hecho Troiik! —le estrechó la mano amigablemente, pues la amistad que les unía era ya de muchos años.

En ese momento sonaron las trompetas, y el mayor Triker bajó del palco consistorial para felicitar al ganador en persona.

—Pero... ¡qué ven mis ojos! —exclamó entusiasmado el mayor—. Troiik, ¡eres el ganador! ¡Enhorabuena!

Acto seguido, mientras continuaban las

ovaciones y los aplausos, los mozos de las cuadras se llevaron a los jabalíes a los establos para dejar de nuevo las calles de Torkiam libres para el tránsito ciudadano.

—Troiik— dijo alegremente el mayor Triker—, te hago entrega de este honorable premio. ¡La calabaza Torkimiana!

Las ovaciones comenzaron de nuevo y resonaron más todavía al aparecer dos mozos más tirando de una carreta, la cual transportaba una enorme calabaza. Era de un naranja intenso, con una abertura en medio que dejaba ver la enorme cantidad de productos que contenía. Alimentos de todo tipo, desde frutas y vegetales hasta carnes, pan, hierbas, barriles de bebida, etc. todo ello para proveer al bueno de Troiik y a su hijo durante al menos seis meses.

—¡Padre!—gritó Nortem mientras llegaba hasta donde él estaba—. ¡Qué contento estoy por ti! ¡Madre mía qué de comida! ¡Y toda para nosotros!

—¿Has visto Nortem? —contestó su padre todo orgulloso y rascándose la cabeza pensando en la manera de guardar todo aquello en casa—, con toda esta comida no tendremos que preocuparnos hasta dentro de mucho tiempo—.

Volvieron a sonar las trompetas de nuevo,

anunciando así el comienzo del concurso de pasteles. Esta vez sólo participaban las mujeres, aunque los hombres eran quienes probaban los pasteles y hacían de jurado. Troiik y Nortem taparon con una manta la calabaza, y la colocaron al lado de su puesto de pan, dispuestos a trasladarla a casa más tarde.

Mientras la música sonaba alegremente por todo el pueblo, Nortem, que estaba entusiasmado con la idea de poder ser este año parte del jurado, y así probar cada delicioso pastel allí expuesto, se paró en seco al percibir algo extraño.

—Padre— exclamó confuso, —¿cómo está el cielo ahora mismo?

Troiik se le quedó mirando, no sabiendo muy bien a qué se refería.

—Pues más allá del valle, tocando las colinas Macor, parece que se está oscureciendo, tiene un color así como grisáceo y se ve alguna que otra nube, pero el resto está limpio y de un azul claro intenso, como siempre para estas fechas.

—¿Te has fijado en que no se oye ni un simple pajarito? No sé, quizá con tanto ruido es difícil oír el ruido de los pájaros, pero es que hay algo que no me da buen presagio. Llámame loco—.

—Creo —dijo Troiik —que son invenciones tuyas, todo está tranquilo y en su total normalidad, excepto aquí dentro, en la aldea, debido a tanto alboroto festivo, pero no hay nada de que preocuparse.

Troiik se acercó al muchacho, le dio una suave palmada y dijo:
—Venga Nortem, el concurso está apunto de comenzar, si no nos damos prisa para cuando lleguemos sólo quedaran las migajas. Y por lo que he podido escuchar entre la gente, ¡este año la cosa promete!

Sin más dilaciones, se dirigieron hacia la pradera que quedaba justo a la entrada del pueblo, la pradera rojiza. Se llamaba así porque a pesar de ser una llanura cubierta de un verde y mullido musgo, estaba rodeada por una hilera de árboles de tronco largo y grueso y de hoja alargada de un color rojizo intenso, que daban un aire verdaderamente bonito a aquella espesura.

La espesura quedaba en dirección opuesta hacia su casa, y según se iban acercando, ya podían percibir el magnífico y apetecible olor a repostería casera proveniente de aquel concurso. Todo tipo de tortas y pasteles se hallaban allí expuestos.

La gente del pueblo había colocado una larga mesa, de unos quince metros de largo, adornada con manteles de seda y encaje blancos, y en los bordes y laterales colgaban unas pequeñas borlas de color azul claro que daban un fino y elegante contraste al blanco de la tela del mantel.

Sobre este se hallaban colocados, a cincuenta centímetros de distancia unas de otras, montones de pequeñas jarras de madera pulida, que hacían la vez de vasos para el agua, los licores o el vino, pequeñas cucharillas también de madera, y platos del mismo material, para que la gente pudiera, con toda comodidad, probar aquellos manjares. Y colocados uno al lado del otro, desde el principio hasta el final de la mesa, se exhibían allí los pasteles, las tartas, los bollos de azúcar, etc. dispuestos a ser engullidos por aquellas gentes que se amontonaban en colas alrededor de la mesa.

Los primeros en degustar los pasteles eran el propio jurado, este año acompañado también de Nortem.

—Padre —dijo Nortem en voz baja a su padre, sujetándole del brazo—, me gustaría probar el que han hecho Kyria y su madre, ¿cuál es?—.

Troiik miró a su hijo y se echó a reír, dándole un suave puñetazo en el hombro. Nortem se ruborizó y rieron juntos.

Troiik alargó la mano para coger un plato limpio, y alzando la vista por encima de los otros miembros del jurado divisó un pequeño pero hermoso pastel, aún sin empezar. Éste era de dos pisos, pero no muy alto. De cacao y manteca y recubierto de crema de leche y frambuesa.

Justo encima tenía colocadas ordenadamente unas grosellas haciendo la forma de una flor. Toda una obra de arte. La mujer que estaba cortando los pasteles en porciones extendió la mano a Troiik para coger su plato y le sirvió un trozo.

—Aquí tienes hijo, que lo disfrutes.

Se echó de nuevo a reír, mostrando sus pocas arrugas al sonreír, pero éstas le daban un aire encantador y a la vez amigable.

Mientras Troiik se iba introduciendo entre la gente para poder hacer su labor de jurado, Nortem decidió sentarse en un tronco que había allí cerca, un poco apartado de la mesa y del jaleo de la gente, y donde se habían sentado también algunos niños a comer. En ese momento, Nortem se sobresaltó al oír un alto y agudo:

—¡Hola Nortem!

La cuchara se le cayó al suelo de hierba y sin querer parecer muy nervioso, Nortem buscó la cuchara en el suelo, palpando con la mano, y cuando la encontró se puso a limpiarla con la tela de su camisa gris.

—Siento haberte asustado—, rió tímidamente Kyria, que estaba allí de pie contemplándole—. ¿Puedo sentarme contigo? —preguntó aún más tímida.

—Por supuesto —repuso Nortem—.
—El campo es de todos—.

Y estuvieron allí sentados un rato en silencio mientras Kyria jugaba con una pequeña ramita de roble que había cogido de entre el musgo, y Nortem seguía degustando su pastel sin hacer apenas ruido.

—Veo que te has decidido por uno bueno —le dijo Kyria mientras le daba un empujoncito.

—¿Qué? ¿cómo dices? —se le volvió a caer la cuchara al suelo pero esta vez fueron los dos a cogerla y sus manos se tocaron levemente.

Se quedaron en silencio y Kyria continuó con la conversación para romper el hielo.

—Mi pastel, el que he hecho esta mañana con mi madre, es el que ahora te estás comiendo, y por lo que veo te encanta, —dijo Kyria sonriendo a la vez que le limpiaba con su pañuelo un poco de frambuesa que tenía en la mejilla.

—Ah, el pastel... Sí, bueno, en realidad me lo ha traído mi padre, le he pedido que me trajera uno al azar—. A Nortem no se le daban bien este tipo de conversaciones, se empezaba a poner cada vez más nervioso y su tez pálida le delataba al sonrojarse rápidamente.

—Ya veo —dijo Kyria casi en un susurro, pero todavía sonriendo—, Iré a ver si mi madre necesita mi ayuda—. Pero justo cuando iba a levantarse, Nortem tiró de su mano con dulzura y suplicó:

—¡no!, no te vayas, quédate a hacerme compañía un poco más por favor.

Nortem notó que la temperatura de la mano de Kyria aumentaba por momentos, y apretó su mano un poco más fuerte. Kyria se sonrojó por primera vez en toda la conversación, y se sentó de nuevo a su lado. Con un tono algo sarcástico le reprochó:

—¿Sabes?, a veces eres un poco raro—. Nortem dejó caer su mano suavemente a la vez que se disculpaba.

—Lo siento de veras, siento haber sonado tan grosero. Por supuesto que sabía que este era tu pastel, le había pedido a mi padre que me sirviera una porción de tu pastel, no una al azar como te dije antes, sino una del tuyo, exactamente del tuyo. Y me he venido aquí solo a sentarme, a degustarlo y... ya de paso sea dicho, a pensar en su dueña... Y...—se hizo un silencio.

—¿En serio?— Kyria no salía de su asombro.

Era posiblemente la primera vez que escuchaba a Nortem sincerarse de aquel modo, y estaba empezando a tener escalofríos de la emoción. Iba a seguir hablando pero Nortem le tapó la boca con la mano, y mientras a Kyria se le salían los ojos de sus órbitas, este continuó:

—Mira Kyria, —dijo él, esta vez más tranquilo y sosegado, —que siento algo por ti es obvio.
Que tú lo correspondes... pues no hay que estar muy ciego, dijo él sarcásticamente y, soltando una carcajada juguetona. Es sólo que yo no soy... es decir, a mí no se me da bien... bueno, lo cierto es que...
Kyria le retiró la mano bruscamente, y se puso roja de enfado:

—¡Cualquier chico, cualquier joven del pueblo daría lo que fuera por pasear conmigo, cogerme de la mano, e incluso robarme un beso! Y yo tengo que ir a fijarme en el que no sabe cómo hacer que una chica se sienta bien.
—Kyria, yo...— dijo cabizbajo Nortem.
—¡No!, ¡calla! Eres... eres... ¡un engreído!, eso es lo que eres. Aunque no puedas mirarte al espejo, tu padre te lo dirá, o las demás chicas del pueblo, de hecho, es lo que se comenta por todo el pueblo, así que sabes de sobra...
—¿Qué, Kyria?, ¿qué es lo que se comenta por todo el pueblo?

Esta vez fue Nortem quien levantó la voz algo molesto por las acusaciones de su amiga. Kyria bajó la cabeza un momento y avergonzada, prosiguió:

—Que eres el chico de veinte años más guapo de toda Torkiam, y que eres valiente porque te esfuerzas mucho cada día por vivir una vida diferente a la nuestra. Que eres un trabajador muy bueno y constante, que ayudas a tu padre en todo lo que te pide, que tienes un talento excepcional para la pintura, cosa que nos plantea a todos un gran misterio, dada tu incapacidad física. Que eres un estudiante prometedor...—
Nortem volvió a taparle la boca a Kyria con la mano, y algo más calmado repuso sonriente:

—Así que, el chico de veinte años más guapo de Torkiam, ¿eh?, ¿sólo de veinte años?—

Kyria se soltó de nuevo, otra vez algo ofuscada, y mientras Nortem se echaba a reír de nuevo con esa carcajada suya tan propia, Kyria se puso en pie y le despidió con una reverencia cargada de ironía, para dar a entender que él era de la realeza y ella una simple plebeya (¡lástima que él no pueda ver esto! —pensó para sus adentros...).

Mientras Kyria se alejaba hacia la multitud, Nortem siguió riendo mientras recogía sus bártulos y se iba también. El concurso había terminado y estaban a punto de anunciar a la ganadora.

Capítulo 3

EL MIEDO VUELVE A TORKIAM

La noche brillaba con una luz especial en los bosques Kiar. Apenas se escuchaban los ruidos de algunos animales tales como los búhos o los grillos, pero sí se distinguía bien el sonido de las ramas y las hojas al crujir en medio de la hoguera.

Erin se hallaba contemplando una visión a través de las llamas. Estaba inmersa en la imagen y su rostro parecía preocupado, a pesar de la belleza inmaculada típica de los elfos que este reflejaba.

—No puedo creer que vaya a hacerlo. ¡Quiere dejarlos sin nada, destruirlo todo! Justo cuando parecía que todo volvía a la normalidad.

Dos miembros masculinos de su clan contemplaban inquietos la misma visión.

Uno de ellos estaba sentado al lado de Erin, su nombre era Riot. Era corpulento, de cabello claro y largo hasta la espalda, trenzado desde la coronilla hasta las puntas. Tenía los ojos verdes como esmeraldas y sostenía una copa plateada en su mano izquierda. Con la mano derecha sujetaba a Erin por el hombro con fuerza.

El otro elfo, Romak, estaba sentado justo en frente de ellos, al otro lado de la hoguera. Éste era algo menos esbelto pero de igual altura que el anterior, con el cabello castaño y a la altura de los hombros. Era de rasgos marcados y llevaba un zarcillo de plata en una de sus orejas.

El rostro de Romak no dibujaba ninguna preocupación, por el contrario, desprendía una sonrisa algo malévola y segura.

—No veo el problema aún, Erin. Seguramente es sólo un aviso, o esa arpía de Vermella quiere hacerse definitivamente con esa baratija, —dijo irónicamente Romak.

—¡¡Shhh!! —repuso Erin indignada ante la interrupción del elfo, —No tienes ni idea de lo que esto significa, ¿verdad?—.

Erin se puso en pie, tomó la copa de Riot y vertió su contenido encima de la hoguera. La hoguera se apagó al momento, dejando pequeñas partículas brillantes por el aire, que el propio viento dispersó enseguida.

—¡Hay que ponerse en marcha! —dijo Erin. —Al alba emprenderemos un viaje de aviso y protección a la aldea de Torkiam. ¡Hay que encontrar esa pulsera!

Tan solo quedaban algunos puestos todavía por desmontar. Las fiestas habían acabado y las gentes iban recogiendo sus tiendas, los restos de las ventas, los toldos, las carpas. El centro de Torkiam era hoy un barullo de carretas amontonadas y de gente cargando cosas encima de dichas carretas. Troiik y Nortem ya habían terminado de cargar todo en la suya, y después de buscar la manera de atar la carreta con la enorme y lustrosa calabaza a la parte de atrás, emprendieron su vuelta a casa.

—Antes de que me lo preguntes, Nortem —comenzó a decir Troiik—, el cielo está bastante encapotado esta mañana, parece que va a llover.

Nortem alzó la cabeza, poniendo a prueba su tan bien desarrollado olfato.

—Parece que sí, padre. Es más, me atrevería a decir que va a caer una buena.

El camino a casa se les hizo muy corto esta vez, Troiik intentó ir lo más rápido posible, y Nortem no parloteó mucho. Ambos estaban exhaustos. Al llegar a la casa aparcaron a toda prisa la carreta en la parte de atrás, en un pequeño establo que tenían. Soltaron a los caballos y los metieron en sus cuadras correspondientes, dejándoles agua y comida en unos cubos. Después fueron vaciando la calabaza poco a poco, y tardaron un buen rato, colocando cada cosa en su sitio. Las frutas, las verduras, la carne, el pan... Y así hasta el último producto. Dejaron la calabaza aparte para trocearla en otro momento y dársela a los caballos como alimento. Por fin terminaron con las últimas tareas del día y se dirigieron hacia la casa. La puerta estaba abierta.

—Espérame aquí, Nortem —dijo Troiik poniendo la mano sobre el pecho de su hijo.

—¿Qué ocurre padre? —replicó Nortem intentando entrar.

—Tú hazme caso y quédate aquí un momento —volvió a insistir su padre.

—No es necesario que espere fuera.

Una voz femenina y angelical sonó desde el interior de la casa.

—Deja pasar al chico, va a empezar a diluviar de un momento a otro.

—¡Erin! —gritó asombrado Troiik—. ¿Qué estás haciendo aquí?

Troiik dió una palmada en el hombro a Nortem, para hacerle entender que pasara, y Nortem le siguió.

Erin les hizo un gesto para que cerraran la puerta y cuando estuvo cerrada se levantó y corrió a dar un fuerte abrazo a Troiik. Mientras se abrazaban Nortem escuchó el suave susurro de sus voces mientras intercambiaban algunas palabras.

—¿Nortem? ¡vaya con el apuesto jovencito, cómo has crecido!

La risa de Erin sonaba como el canto de un ruiseñor enamorado, como una cascada de agua dulce. Su voz era tan bella...

Nortem se encontraba inmerso en el sonido de su voz, tratando de descifrar el porqué le parecía tan familiar.

—¡Nortem!, ¡Nortem!, ¡muchacho!, baja ya de la nube, tenemos invitados.

—Sí, sí, eh... ¡hola tía Erin! —dijo el joven tratando de situarse de nuevo en la escena—, ¿Qué tal?

Erin era hermana de la difunta esposa de Troiik y por lo tanto la tía de Nortem. Aunque ella y su clan tenían relación con los humanos de la villa, no se mezclaban tanto, y de hecho, hacía ya bastante tiempo que no hacían una visita pues hasta ahora, todo había estado en calma. De repente, todo quedó en silencio, sólo se escuchaba el repiqueteo de la lluvia sobre las tejas de la casa. Llovía mucho. Muchísimo. Erin encendió la chimenea con sólo un chasquido de sus dedos y diciendo:

—¡Fuego!

—Erin, aquí no, por favor, Nortem...

Troiik no estaba seguro de cuánta magia élfica había percibido Nortem de pequeño y hasta ese momento, e incluso a él todavía le resultaba algo poco natural e incómodo de ver. Pero la elfa le ignoró y le hizo una mueca señalando al chico que se había sentado en el sillón, medio desparramado.

—No estoy dormido— dijo de repente Nortem—, ¿qué narices es eso que no puedo ver, y porqué no me contáis de una vez que está pasando aquí y a qué se debe tu visita, tía Erin?

Nortem se incorporó y buscó su bastón por el suelo, palpando con sus manos hasta que por fin lo encontró. Erin, al ver de nuevo la situación de Nortem exclamó:

—¿Todavía?, ¿todavía es ciego?   —no estaba muy contenta mientras hablaba—.
Troiik, a mi hermana...

—¡ERIN! —gritó enfurecido Troiik.

—A Martyam   —prosiguió Erin—, le hubiera gustado que...

—¡Ya basta!, tú ganas. Creo que en el fondo tienes razón, Nortem debe saber la verdad. Siento habérselo escondido todos estos años, sólo intentaba protegerle—.

Troiik miró hacia abajo, mientras Erin se acercaba a él.

—Y lo has hecho fenomenal, eres un padre único. ¡El mejor de todos!, pero deberías haber hecho esto antes, eso es todo. Ahora ve a sentarte junto a Nortem, yo prepararé algo de té y pondremos las cartas sobre la mesa, de la mejor manera posible.

—¡Sin magia! —ordenó Troiik.

—Sin magia —contestó dulcemente Erin y se dirigió a la cocina para preparar el té. Troiik fue a sentarse al lado de Nortem, el cual ya estaba tenso y con cara de muy pocos amigos.

—Hijo, escucha —comenzó a hablar Troiik.

—No quiero escuchar ninguna monserga, padre —le interrumpió Nortem—, presiento que aquí hay gato encerrado y que no me va a gustar nada lo que voy a escuchar—.

Erin entró en el salón en ese momento, y sirvió una taza de té a cada uno. La tensión en el ambiente se podía cortar con un cuchillo.

—Bueno, bueno —comenzó la elfa—, ¿por dónde empezamos?

—¡Por el principio!, por ejemplo...

Nortem estaba encendido, malhumorado y muy, muy confuso. Erin se puso en pie, dejando ver su altura. Era bastante alta. Troiik era alto, pero sólo le sacaba un par de centímetros.

—Mira muchacho —empezó a balbucear la elfa, —esto no es fácil, pero asumo la responsabilidad de lo que pueda pasar y de cómo te lo puedas tomar.

Nortem se quedó blanco ante aquellas palabras.

—Hay muchas cosas que te corresponde saber por herencia—.

Erin sonaba ahora algo menos nerviosa.

—¿Herencia? —preguntó Nortem algo confuso.

—Verás —prosiguió Erin—, quizá te cueste entender todo lo que voy a contarte, pero he de decir que todo es cierto, de principio a fin.

—¿Y bien? —preguntó Nortem algo expectante ahora.

—Como bien sabes, tienes sangre élfica. Eres medio humano, medio elfo—.

Erin le sonrió y le pasó un brazo por el hombro. Nortem suspiró intentando averiguar a donde iba a llegar aquella conversación que, hasta el momento, no le había aportado ninguna información nueva.

—Y supongo que también estarás al corriente de la profecía, y de que pronto se cumplirá... continuó Erin. Nortem se pasó una mano por la cabeza, despeinandose aún más y dijo:

—Más o menos. Como hace tanto tiempo que no pasa nada por aquí, casi lo había olvidado.

—¡No debes olvidarlo! —gritó Erin, haciendo que el pobre Nortem se sobresaltara.

—No hace tanto tiempo que murió tu madre, y tampoco deberías dejar la profecía de lado, Nortem.

—No sé qué decir... —repuso el joven,

—De momento no tienes que hacer nada, Nortem —le consoló Erin.

—¿De momento?, eso quiere decir que... ¿hay más?—. Nortem se puso tenso.

—Para eso he venido —contestó Erin.

—Hay mucho más que contar y no hay mucho tiempo. He venido para informaos de algo que está a punto de acontecer.

—Pues no te dejes nada —interrumpió Nortem, —quiero escuchar todo.

Erin volvió a sentarse, esta vez en frente de Nortem y su padre, y comenzó con la historia.

—Todo se remonta a cientos de años atrás, Nortem. El pueblo de Torkiam lleva más de trescientos años dedicado a la agricultura, la ganadería y el comercio al por menor de productos caseros. Por mucho tiempo ha sido un lugar tranquilo, de gente agradable, trabajadora, humilde...

Eak había provisto cada detalle para que no nos faltara de nada, el grano, el clima, los animales, etc. Pero hubo un tiempo oscuro en el que los habitantes se olvidaron de agradecer cada día a Eak por la provisión y el sustento que Él les ofrecía. El bien y el mal siempre han estado confrontados, y siempre lo estarán, así que de la noche a la mañana las fuerzas del mal cobraron forma, y me gustaría decir "humana", pero aún no hemos descubierto de qué se trata.

—¿Se supone que estamos hablando de Vermella, tía Erin? —preguntó Nortem.

Erin le miró y mirando también a Troiik, que estaba atentamente escuchando la historia, prosiguió.

—Sí, Nortem. Es el "ser" supremo de las fuerzas del mal. Tiene todo un ejército a sus pies, y ahora ha vuelto para hacerse un hueco definitivamente.

—¿Qué ha vuelto?— preguntó algo asustado Nortem. —¿Y qué es lo que quiere?,¿Nos hará daño?

Erin se quedó callada un momento, y a continuación prosiguió con la explicación del motivo de su visita.

—Verás, Nortem. El pueblo de Torkiam no siempre ha sido manso, humilde y trabajador. Hubo un pequeño tiempo de necesidad, cuando los invadió la queja y el miedo, y dieron la espalda por completo a Eak. Por lo tanto Eak envió un gran clan de elfos y elfas, entre los que estábamos tu madre y yo, y...

Erin volvió a quedarse en silencio unos segundos.

—También tienes un tío, Nortem. —Nortem dejó caer la taza de té al suelo, con asombro y perplejidad.

—Se llama Romak. Es el pequeño, pero no le infravalores. Es muy astuto. Te encantará conocerle, pero mejor en otro momento, si no te importa—. Nortem asintió, no podía hacer nada más, sus oídos no hacían más que recibir nueva información cada dos o tres minutos, así que decidió tomárselo con calma.

—Bien, pues —continuó diciendo Erin—, Eak envió a este clan para proteger a Torkiam de lo que Vermella había sembrado en sus corazones. El pueblo de Torkiam contempló con recelo a los nuevos inquilinos, pero vieron enseguida que eran enviados por Eak, y no tardaron en aprender a coexistir.

Aún así, siempre se han guardado las distancias, y mientras los humanos seguían viviendo en la villa, nosotros preferimos residir en los bosques Kiar. Bueno, todos menos alguno... —dijo Erin sonriendo a Troiik, acordándose de la historia de su hermana y él—. En total somos unos doscientos, cada uno capacitado con dones y talentos sobrenaturales para uso del bien solamente. Somos como vuestros ángeles de la guarda.

—No suena tan mal —replicó Nortem—. Si tenemos protectores no puede ir tan mal la cosa, ¿no?

—No es exactamente así —dijo Erin—.

Hubo un pequeño incidente para el que no estábamos preparados. Tu madre y yo estábamos encargadas de proteger la zona del comercio del pueblo, y tu madre quiso ser una más entre los ciudadanos, para no levantar sospechas. Así que abrió un puesto de pan, y al poco conoció a tu padre—.

A Troiik se le escapó una media sonrisa nada más recordar el encuentro.

—Los dos trabajaban en el negocio del pan así que decidieron juntar ambos puestos en uno. Al poco tiempo no pudieron esconder más su amor. Era obvio para todo el pueblo y eran jóvenes, tenían más o menos tu edad, de hecho creo que un par de años menos que tú. El resto del clan intentamos impedir esa boda por encima de todo, pues traería consecuencias. Después de todo, Nortem, nosotros los elfos somos inmortales, pero tu padre no lo es. A pesar de intentar convencerles, el amor pudo con la situación, así que pasamos a un segundo plan. Llevamos a tu padre a nuestra base, en los bosques Kiar, y le explicamos todo acerca de nuestra procedencia, valores y misión en este lugar. Todo. Tardó un tiempo en asimilarlo pero se hizo enseguida a nuestra cultura, principios, leyendas y a ver el uso de la magia por aquí y por allá. Los elfos poseemos una serie de poderes que van unidos a nuestros dones y talentos, como ya he dicho antes, sólo para hacer el bien. Si hiciéramos algo que va en contra de la buena voluntad de Eak, nos serían quitados. Por ejemplo, yo puedo crear un escudo de protección alrededor de los que están cerca, con lo que Vermella no puede atacarles.

Martyam, por otra parte, tenía poderes curativos. Tenía un don de sanidad para aquellos que sufrían discapacidades físicas y mentales.

Nortem se levantó de inmediato, algo sobresaltado, y dirigiéndose a su padre, le confrontó:

—Eso no me lo habías contado. ¿Y por qué no hizo nada por salvarse a ella misma? Y yo... Si ella aún viviese, podría haber sanado mis ojos, ¡ahora podría ver como cualquier otro!

Troiik le cogió del brazo para que se sentara y se calmara.

—Nortem, tu madre hizo todo lo que pudo pero... —en ese momento Erin volvió a ponerse en pie y, dirigiéndose con la mirada a Nortem, le dijo:

—Vermella conocía de un preciado regalo que Eak le había hecho a Martyam, para poder utilizar su don de sanidad. Una pulsera. Una joya humilde pero de inigualable valor, que aunque fabricada en bronce para no llamar mucho la atención, tenía el deber de sanar a todo aquel que la llevaba puesta, curando así cualquier herida, pequeña o grande, defecto o discapacidad física. El problema fue que, cuando Vermella vino a Torkiam para atacar a la aldea, tu madre y yo salimos a su encuentro para proteger al pueblo, y antes de que yo pudiera crear mi escudo de protección sobre las dos, Vermella divisó la pulsera en el antebrazo de Martyam, y se lanzó sobre ella, dejándole tirada en el suelo, sin vida. Todo fue muy rápido, apenas pude reaccionar, pero cuando me agaché para levantar a tu madre del suelo, la pulsera ya no estaba en su brazo. Había desaparecido, Vermella se la había quitado.

Martyam yacía en el suelo ya sin respiración pero su vientre latía todavía con fuerza, así que comprendí que no era demasiado tarde para salvarte, Nortem.

Anuncié deprisa a mis guerreros que apresaran a Vermella, y mientras ella forcejeaba con dos de mis hombres, con una caja roja en la mano donde se supone guardaría la pulsera y se la llevaría consigo. Se le cayeron ambas, la pulsera y la caja. Yo me quedé con la primera sin que ella se diera cuenta, y dejé la caja en el suelo. Rápidamente, uno de sus "hombres" la cogió y se la entregó de nuevo a Vermella, quien la hizo desaparecer con un conjuro, y al momento se marchó triunfante. No ha vuelto por aquí desde entonces. Pero la pulsera estaba en nuestro poder otra vez y ella no lo sabía.

Hice todo cuanto pude por salvarte, y con la ayuda de Eak y de Riot, el elfo especializado en medicina natural, pudimos sacarte sano y salvo.

Nortem estaba con la cara llena de lágrimas y con una mano rascándose la nuca. Pensativo y confuso a la vez. Acababa de conocer la verdadera historia de su nacimiento, y de la muerte de su madre. Troiik tenía los ojos chispeantes... Se puso también en pie, y sujetando las dos manos de Erin, que estaba traspuesta, le miró a los ojos y, casi sabiendo la respuesta, le preguntó:

—Erin, ¿qué fue de la pulsera?

La elfa estaba algo nerviosa pero no tardó en reaccionar y respondió:

—La escondí aquí, en tu casa, Troiik—. Antes de que su cuñado pudiera seguir hablando, ella prosiguió —Cuando vi que no se podía hacer nada por Martyam, corrí a tu casa con el niño en brazos a ver si estabas bien. Tú dormías plácidamente en tu cama. Coloqué a Nortem en su cunita y esperé a que te despertaras para contarte la trágica historia.

—Sí, de eso me acuerdo perfectamente... —afirmó Troiik algo triste.

—Decidí esconder la pulsera en un lugar seguro en esa habitación, pues desprendía mucha paz y estaba segura de que Vermella no sospecharía puesto que no sabía siquiera que Martyam estaba casada.

—Erin —volvió a decir Troiik, esta vez sujetándola por los hombros y a punto de sacudirle.

—¿Me estás diciendo que la pulsera, una pulsera con poderes curativos, que pertenecía a mi mujer, ha estado aquí escondida todos estos años, a sabiendas de que Nortem podía haber sido sanado, prácticamente desde que era un bebé?

Nortem estaba agotado, quería terminar de escuchar toda su historia, pero por otra parte no podía más con su alma. Llevaban todo el día hablando, ya casi se escondía el sol y ni siquiera habían comido.

—No, Troiik. Hay un momento y un lugar para todo. No podíamos exponer la pulsera así por así pues ella lo percibiría y volvería otra vez a buscarla.

—¡Dime dónde está la pulsera, Erin!
—demandó Troiik.

—Antes deberíamos comer y descansar un poco. Hazme caso, te la mostraré mañana por la mañana y procederemos al cambio.
Nortem dió un salto y se puso en pie,

—¿De verdad me vas a curar mañana, tía Erin?   —Troiik parecía hacerle la misma pregunta con la mirada, así que Erin no tuvo más remedio que contestar a su ansioso cuñado y a su agotado sobrino.

—Creo   —empezó Erin —que después de todo ya ha llegado la hora de que puedas disfrutar del placer de poder ver, como todos nosotros. Sólo hay una pequeña cosa —Erin   hizo una pausa para guardar silencio y después continuó:

—Al ser mitad humano, mitad elfo, no sabemos cómo se repondrá tu vista, es decir, no sabemos si acabarás viendo como un humano, la cual es una visión mucho más limitada que la nuestra, o tus ojos tendrán la capacidad ilimitada de la visión élfica.

—Si te digo la verdad, tía Erin   —repuso Nortem   —me es indiferente, no estoy en posición de elegir el grado visual de mis ojos. ¡Sólo deseo ver!

Troiik apoyó el brazo sobre el hombro de su hijo y, ya más relajados, aunque aún en estado de asombro, decidieron dejar ahí la conversación y dirigirse a la cocina a preparar algo de cena. Durante el resto de la velada se limitaron a hablar de cosas más triviales, en un aire más tranquilo, y de vez en cuando soltaban alguna broma, acerca de cómo Nortem reaccionaba de pequeño ante cosas como la comida, sus juguetes, etc.

Esa noche, Troiik y Nortem se fueron a la cama enseguida. Troiik no podía dejar de pensar que aquella pulsera estaba escondida en algún recoveco de su dormitorio, entre el techo y el entablillado del suelo. Erin, por el contrario, se quedó despierta y velando por aquella casa sentada en el tejado, la lluvia había cesado ya pero el cielo aún continuaba cerrado y de un color aterrador.

Capítulo 4

Y SE HIZO LA LUZ

Ya había amanecido y la luz de un sol más brillante que nunca entraba por la ventana de la alcoba, hacia la habitación de Troiik, que se despertó sobresaltado al ver que ya era tan de día, pues pensaba que llegaba tarde a su trabajo.

—¡Por el cielo y por Eak!, he dormido de maravilla... ¡pero he dormido más de la cuenta!

Se puso en pie de un salto, se enfundó en sus pantalones grises de faena, se abotonó una camisa blanca y se dirigió a la pila de agua que tenía colocada junto a la ventana para lavarse la cara. A pesar de los cálidos días de primavera en los que se encontraban, el agua estaba muy fría, aunque el contacto con el frío le hizo desperezarse del todo.

—¡ahhhh qué buena!, esto sienta de maravilla.

—¡Nortem, muchacho! —gritó Troiik mientras daba dos golpecitos a la puerta de la habitación de su hijo—. ¡Tenemos trabajo!¡arriba muchacho!, creo que ya vamos algo tarde.

Se oyó un bostezo muy largo y un golpe en la puerta, como si Nortem le hubiera arrojado la almohada.

—¡Sólo un poco más, padre!

Troiik bajó casi volando las escaleras de madera de caracol, era increíble ver lo en forma que seguía estando a sus treinta y ocho años. Parecía un chiquillo muy bien conservado. Al llegar al salón la estancia refulgía con mucha luz, el ambiente estaba limpio, fresco y todo estaba muy ordenado. Las cortinas estaban abiertas de par en par y una de las ventanas estaba abierta, por lo que el fuerte aroma a pino se colaba por la casa.

—¿Erin? —preguntó Troiik, esperando encontrarle por allí cerca.

—¡Aquí, en la cocina! —respondió gritando la elfa.

Estaba de espaldas, de cara a los fogones. Se hallaba preparando un delicioso chocolate caliente que desprendía un olor embriagador. Los elfos eran expertos en la preparación de este derivado del cacao. Aparte de eso, debían de echarle alguna esencia de las que cultivaban en sus bosques, algún ingrediente secreto pues no tenía el mismo sabor que cualquier chocolate que pudieras tomar en el pueblo.

Por el contrario, su sabor era más intenso, aromático y relajante. El horno tenía la puertecita abierta y se podía ver un hermoso pastel recién hecho, y nada más verlo y olerlo, Troiik pensó que duraría muy poco.

—Siéntate, Troiik. Come algo, te sentará bien para empezar el día con fuerza—.

Troiik hizo ademán de sentarse pero recordó que tenía prisa.

—No puedo, Erin. No podemos, hemos dormido demasiado y creo que ya vamos con retraso para el trabajo. Tengo que bajar a la panadería, cocer un montón de panes, cargarlos en la carreta y llevarlos al pueblo. Y este chico me va a hacer perder más tiempo todavía. ¡Nortem!, ¡baja ya, por favor!—.

Erin le miraba, con esa dulzura y tranquilidad que poseían los elfos, y sonriéndole, le dijo:

—Es domingo, Troiik. Hoy no trabajas. Además, ayer terminó la feria... ¿recuerdas?, tendrías fiesta igualmente, por ser día de descanso.

Troiik suspiró, se dejó caer en una de las sillas que se encontraban alrededor de la mesa de pino de la cocina, y se echó las manos a la cara.

—¡Pero qué tonto soy!, tienes razón, tanto trabajo me había despistado por completo. Ya decía yo que me hacía falta parar y descansar un poco—.

Y se echó a reír apoyando la cara contra la

mesa, aun cansado. Erin pasó por detrás de él, y apoyó la mano en su nuca.

—Tienes que descansar y relajarte, Troiik, aún quedan muchas cosas por acontecer, y lo sabes—.

Troiik dio un respingo al sentir el contacto de la elfa en su cuello, y se incorporó rápidamente en la silla. Algo le parecía raro. Sin querer reparar mucho en el tema, decidió romper el hielo y sacar otro tema distinto:

—¿Qué hay de lo que hablamos ayer, Erin? El chico bajará de un momento a otro y esperará que cumplas tu parte del trato. Creo que se fue muy emocionado a la cama, no sé qué tal habrá dormido...

Erin iba a comenzar a hablar cuando de repente se oyó un portazo arriba, y unos pasos rápidos escaleras abajo. Nortem había memorizado tan bien ese tramo que lo recorría como si pudiera ver.

—¡Buenos días! —gritó Nortem, al parecer de muy buen humor.

—¡Qué bien huele...! –gritó de nuevo.

—Al parecer, otro mito más hecho realidad, los elfos cocináis de maravilla. Me pregunto si hay algo que no sepáis hacer bien—.

Erin y Troiik se miraron, Erin parecía algo preocupada con lo que Troiik se quedó algo confuso.

—No está—comenzó la elfa—.

—¿Qué quieres decir con que no está? —preguntó inquieto Nortem.

—La pulsera, la he buscado toda la noche mientras dormíais, pero ha desaparecido.

—No puede ser —se entristeció de repente Troiik—, es imposible. Si ha estado aquí todos estos años como tú bien dices... ¿has mirado bien?

—Troiik, te aseguro que he mirado por todas partes. Primero busqué en el punto exacto donde la escondí hace veinte años, debajo de la viga más alta y más retirada de tu alcoba. No estaba allí. Dudé, porque aunque los elfos tenemos muy buena memoria también podía haberme confundido. Aún así, fui levantando cada viga, una a una, y colocándolas en su lugar otra vez. Después, ya desesperada, bajé a la planta de abajo y recorrí cada rincón posible, pero nada. Ni rastro tampoco en las cuadras o en la panadería.

—No es de extrañar —dijo Nortem con expresión indiferente y llevándose un trozo de pastel a la boca.

—Cuando se trata del bueno de Nortem nada sale bien. ¡Está claro que tengo muy mala suerte!

—¡Nortem! —le reprendió su padre, —Erin dice la verdad en todo esto y está claro que hay alguien más detrás del asunto. Todo se arreglará. Y tú sabes bien que Eak te prometió la vista, y Él no puede negarse a sí mismo. Ten fe, y un poquito más de paciencia, verás como todo llega. Al que cree, todo le es posible.

Nortem agachó la cabeza algo avergonzado ante las palabras de su padre, pues sabía que su progenitor tenía toda la razón.

—Y ahora pensemos —dijo Troiik dirigiendo la mirada a Erin.

—Quizá hay alguien más que lo sabe, quizá algún otro elfo de tu clan. ¿No venías con dos más?

—Ellos no harían una cosa así. Romak es joven y algo travieso pero siempre ha obedecido a mis mandatos desde que era pequeño. Y Riot... Riot es alguien en quien puedes confiar plenamente. Es amigo de la familia desde hace cientos de años y ha estado protegiéndome desde antes de que Martyam muriera. No podría desconfiar de él.

Erin se quedó pensativa, con la mirada perdida.

—Vaya —dijo Troiik con una risa algo burlona—, parece ser que a tu tía le ha salido un pretendiente, Nortem—.

Erin se puso colorada, lo cual se reflejó en su tez extremadamente pálida.

—Por el modo en que hablas y defiendes a ese Riot —continuó Troiik—, yo diría que es más que tu "elfo de la guarda", —y se echó a reír mientras a Erin le cambiaba el rostro de tímido a enfadado.

—¿Y a ti qué te importa lo que pueda o no pueda yo sentir? —levantó la voz la elfa—. No es asunto tuyo, y ya que estamos con las acusaciones... ¿acaso tienes celos?

Ahora era la elfa la que sonreía, dejando ver su belleza inmaculada, mientras Troiik se moría de vergüenza. Nortem les escuchaba y no podía evitar dejar escapar una pequeña risita, a lo que los dos adultos reaccionaron girando las cabezas hacia él, con caras de pocos amigos.

—Nortem, esto no es asunto tuyo muchacho. Tu tía está algo alterada por lo de la pérdida de la pulsera —dijo Troiik agarrando a Erin por el hombro como viejos amigos.

—Está todo bien, Nortem —repuso su tía colocando la mano otra vez sobre la nuca de Troiik, —al parecer estamos todos algo estresados y arremetemos con lo que venga.

Troiik volvió a sentir otro escalofrío al sentir la mano de Erin sobre él, y la apartó delicadamente para que ella no se sintiera ofendida de nuevo. Los dos se miraron serios, y después se dirigieron a Nortem.

—Resulta que no podré sanarte hasta que no encontremos esa pulsera. Es de vital importancia—.

Erin trataba de explicárselo a Nortem pero él en lugar de escuchar o enfadarse, prefirió resignarse y continuar con su desayuno.

—Es igual tía Erin. Bueno no, tampoco quiero mentirte. Lo que quiero decir es que he sabido apañármelas durante casi veinte años, no me ha ido tan mal y sigo con la promesa de Eak en mente. Sé que él lo hará. Troiik y yo te ayudaremos a encontrar esa pulsera sea como sea. Puedes quedarte aquí con nosotros el tiempo que quieras. Si te apetece, claro.

Troiik miró a Erin y juntó las dos manos en un gesto que daba a entender que quería que se quedase. Ella sonrió y dijo:

—Bueno, si tanto necesitáis de mi compañía y ayuda, por mí bien. Pero tengo que volver esta noche al bosque, para avisar a mi hermano Romak y a R...

Erin miró suspicazmente a Troiik, que ya había empezado a ponerse nervioso con tan sólo oír el nombre de aquel elfo.

—Tengo que darles las nuevas, Troiik. Al fin y al cabo somos un equipo y ellos deben de estar al tanto de todo al igual que yo—. Troiik asintió con la cabeza. Después, dirigiéndose a Nortem, le dijo:

—Bueno, muchacho, ¿qué quieres hacer hoy?, tenemos todo el día libre. Y ya que tu tía va a estar algo ocupada... ¿te parece que vayamos de pesca y después bajemos en carreta al pueblo y comamos en la cantina?

Nortem accedió gustoso.

La cantina se llenaba de rostros conocidos los domingos y muchas veces hasta de compañeros de la escuela, y por supuesto, Kyria. Erin prefirió quedarse en la casa para vigilar por si ocurría cualquier imprevisto, y para revisar una vez más por si se hubiese dejado algún rincón sin mirar. Troiik y Nortem se pusieron sus ropas de domingo.

Nortem llevaba unos pantalones negros abotonados a la parte derecha de la cintura, con sus botas marrones recién cepilladas y brillantes. La parte de arriba la cubría con una camisa blanca de manga larga pero arremangada, con dos botones en el cuello, que él mismo desabrochaba para estar más cómodo. Se había duchado y tenía el pelo algo desaliñado pero el sol que lucía ese día daba una mayor intensidad a su color cobrizo.

Resultaba muy apuesto. Troiik iba exactamente igual que su hijo, pero su camisa era de un gris claro, lo cual hacía un buen contraste con sus ojos.

Los botones de su camisa sí estaban abrochados. Era un adulto y tenía que guardar la compostura.

Cuando llegaron a Torkiam, el cielo parecía volver a encapotarse, de la misma manera que el día anterior. El pueblo estaba tranquilo, era el día de descanso y todo el mundo se hallaba en sus casas o en la cantina. Al llegar a la cantina se la encontraron llena de gente. Con mesas que se vaciaban y se volvían a llenar con la gente que estaba esperando. No tuvieron que esperar mucho, y Nortem se alegró por ello, pues el rico olor que emanaba de la cocina era demasiado bueno. Se le iba haciendo la boca agua cada vez más.

—Pasen por aquí —les dijo la mujer del cantinero señalándoles con la mano una mesa libre que había a un lado del salón, justo pegada a una de las ventanas.

Ya había comenzado a llover.—Y bien —continuó la mujer una vez se hubieron sentado—. ¿Qué va a ser?

Troiik fue quien pidió primero.

—A mi puede traerme un buen filete de

ciervo con patatas y zanahorias asadas.

Y una jarra mediana de la mejor cerveza que tenga. Gracias.—

Nortem estaba aún decidiéndose cuando escuchó una voz familiar.

—¡Nortem, Troiik!   —Era Kyria. Venía acompañada de sus padres y acercándose a la mesa de Nortem y su padre, les saludó:

—Muy buenas, caballeros. Vaya como ha cambiado el tiempo, ¿eh?

Nortem permanecía callado.

—¿Llueve mucho, Kyria?   —preguntó Troiik queriendo quitar hierro al asunto.

—Ni te lo imaginas   —contestó Kyria dejando caer la capucha de su capa hacia Nortem, mojándole la cara con las gotas que aún no había absorbido la tela.

—Buenas a ti también, Kyria —dijo Nortem en su tono peculiar y haciendo una pequeña reverencia. Troiik los miraba, escuchaba sus poco cordiales saludos y no salía de su asombro. Reaccionó rápido y se adelantó a decir:

—Kyria, anda ve y dile a tus padres que se sienten aquí, nos han dado una mesa grande para sólo dos personas.

Troiik sintió un fuerte pisotón y puso cara de pocos amigos, pero como Kyria estaba delante y se había percatado del hecho, por el ruido que había hecho la mesa, cambió el gesto y volviendo a sonreír educadamente, continuó:

—En serio, será un placer compartir con vosotros esta mesa y la comida. Será entretenido charlar con tus padres, Kyria. Y tú y Nortem podéis... bueno, charlar de vuestras cosas.

Nortem no quiso dar más pisotones a su, según él, inoportuno padre, y se limitó a esperar la reacción de su amiga.

Kyria salió a paso acelerado, dispuesta a dar el mensaje a sus padres, que estaban aún en la puerta esperando a ser llevados a una mesa. A los pocos segundos estaban de vuelta los tres, y Troiik le dio un golpecito en el hombro a Nortem para que se moviera. Nortem iba a ponerse de pie para sentarse con su padre pero Troiik le dijo que se quedara donde estaba, que se echara a un lado simplemente.

—Deja que Kyria se siente ahí contigo, haré sitio en este banco para sus padres.

—Pero... es que no me apetece...

—Shhh... ahora calla. Ya están aquí—le reprendió Troiik.

Nortem se movió para dejar sitio y Kyria, pillando la indirecta, se sentó a su lado. En frente se sentaron sus padres y Troiik. Por fin, y después de saludarse, todos pidieron sus platos, las bebidas y tuvieron una agradable sobremesa.

Los tres adultos estuvieron hablando un buen rato pero Nortem y Kyria se limitaban a decirse frases cortas y asentían a los comentarios que creían oportunos por parte de sus compañeros de mesa. Después de otro largo rato, Troiik se dio cuenta de que había cesado de llover.   El cielo seguía aún cubierto por alguna nube, pero al menos ya no llovía, y viendo la incomodidad de Nortem y Kyria, les dijo:

—¿Por qué no salís a dar un paseo vosotros dos?, seguramente nuestras conversaciones de mayores os tienen más que aburridos. Aprovechad ahora que no llueve.

Kyria asintió, se puso en pie y, volviendo a colocarse su capa, esta vez sin la capucha, se dirigió a Nortem, le cogió del brazo para guiarle, y este se puso en pie. Ambos salieron de la cantina sin decir ni una sola palabra. Caminaron por la aldea, intentando esquivar las zonas embarradas por la lluvia que había caído y poco después llegaron a una pradera, al lado de un riachuelo que corría por allí.

La hierba estaba húmeda así que Kyria se quitó su capa, la dobló y la extendió para que ambos pudieran sentarse sin mojarse.

—Gracias —dijo Nortem algo más relajado ahora que no se hallaban en presencia de sus padres.

—No hay de qué —respondió Kyria—.

Para eso están los AMIGOS.

La última palabra le sonó tan fuerte a Nortem que no supo descifrar cuánta ofensa se escondía detrás.

—He sido un completo idiota otra vez, lo he vuelto a hacer. Lo siento Kyria, lo siento de veras.

—Y cuánto va a durar esta vez, ¿eh, Nortem? —Kyria volvía al ataque.

—Intento actuar de una manera sencilla, ¿sabes? pero no me lo pones nada fácil, porque tu comportamiento deja mucho que desear... Si tu actitud fuera menos cortante cuando estás conmigo, al menos en público...

Kyria comenzó a sollozar y Nortem cogió su mano e intentó calmarle:

—Por favor Kyria, no me hagas esto. No llores por esto, de verdad. No tiene...

—Para mí es importante, ¿sabes Nortem? Kyria volvía a estar enfadada.

—Te lo diré de esta manera: te amo, Nortem. Llevo ya un tiempo enamorada de ti, y la verdad es que no sé por qué. Todo lo que recibo por tu parte es una actitud hostil. Estoy cansada ya de esta situación.

Me tienes que dar una respuesta, y me la tienes que dar ya.

Nortem soltó su mano, se acercó a su

mejilla y le dio un suave beso.

—Sé que esto no es suficiente, pero soy un chico decente y no voy a besarte en los labios hasta estar completamente seguro de que quiero hacerlo. No quiero sobrepasarme contigo. Eres muy especial para mí, importante, divertida, inteligente... Y preciosa, según la descripción de mi padre. Y estoy a la espera de que Eak haga un milagro y me devuelva la vista.

—Pero eso puede tardar años, Nortem—. Kyria comenzó a sollozar de nuevo—. De hecho, ¡ese momento podría no llegar nunca!

—Tienes que aprender a confiar, Kyria. Creo de todo corazón que ese día llegará y entonces podré juzgarte por mí mismo y todo será distinto. He esperado mucho y no quiero arruinarlo ahora—.

Nortem estaba poniéndose algo incómodo pues Kyria se hallaba ya fundida en sus brazos, apoyada en su pecho y con el rostro muy cerca del suyo. Nortem besó su frente y desperezándose de sus brazos suavemente, le dijo:

—Hay cosas que me gustaría descubrir antes, y muchas otras que quiero contarte. Pero son difíciles de comprender así que necesito que me des algo de tiempo para organizarme y hacerlo bien.

Kyria no dijo nada, pero por primera vez, confió en una de las promesas de Nortem, y decidió hacerle caso.

—Está bien. Algo me dice que por fin vas a ocuparte de nuestra relación. Pero más te vale que te des prisa, Nortem. No es justo que me tengas así por mucho tiempo. La gente empieza ya a rumorear cosas sobre nosotros. —Bueno —dijo Nortem—. Que digan lo que quieran. Esto sólo nos concierne a ti y a mí—.

Las palabras de Nortem hicieron que Kyria recobrara la esperanza y dejó escapar una sonrisa que Nortem pudo escuchar.

—Vaya —dijo tocando su pelo y haciendo tirabuzones con uno de los mechones—, parece que ya estás más contenta. Así me gusta. En serio, llorar por esto no merece la pena, sólo hará más lento el proceso, y más doloroso.

Kyria se puso en pie y ayudó a Nortem a hacer lo mismo. Se acercó a su mejilla y le dió el mismo beso suave que él le había regalado unos momentos antes.

—Esperaré lo que haga falta. Y créeme no te arrepentirás.

Y cogidos de la mano volvieron hacia la cantina, a reunirse con sus padres. Justo cuando estaban a punto de entrar de nuevo, se soltaron corriendo para que no les atosigaran a preguntas. Nortem se acercó a Kyria y con mucho disimulo le susurró al oído:

—Ya te estoy echando de menos, Kyria.

Ella sintió que los pelos de la nuca se le erizaban y que sus mejillas cobraban un color rojo intenso, pero se contuvo rápidamente y puso los pies en la tierra de nuevo. Sus padres estaban ya saliendo por la puerta así que se quedaron allí de pie, esperando a que los tres adultos se despidieran.

—Ha sido un placer, Troiik —dijeron Sumus y su mujer. La próxima vez tenéis que venir casa a merendar o a cenar. Será una velada maravillosa. Siempre es bueno estar rodeado de buenos amigos.

Troiik dió un fuerte abrazo a su viejo amigo, saludó a Santia, su mujer, y dando una palmada en la espalda a Nortem, le dijo:

—Vamos muchacho, hay que marcharse para casa ya. ¿Habéis disfrutado del paseo?

—Sí, mucho —contestaron los dos a la vez.

Troiik les miró confuso, comparando sus actitudes durante la comida y ahora, y no podía creerlo.

—Bien, me alegro mucho. Nos veremos pronto, Kyria.

Troiik saludó con la mano a los tres una vez más, mientras se cogía del brazo de Nortem y se dirigía hacia la carreta. Nortem parecía contento, no paró de hablar en todo el camino de vuelta a casa, y a Troiik esto le agradó en gran manera.

Capítulo 5

UN NUEVO INQUILINO

Al llegar a la casa todo estaba tranquilo y, una vez más, ordenado y limpio. Erin no estaba. Ya se había marchado en dirección al bosque, pero había dejado una nota para Troiik:

"Queridos Troiik y Nortem, como os comenté anoche, he tenido que salir para los bosques Kiar a reunirme con los otros elfos y dar la nuevas sobre la pulsera. Volveré dentro de dos días, mientras tanto estaréis bien protegidos."

Erin.

Troiik acababa de leer en voz alta la nota para que Nortem se enterara de lo que decía, y justo al terminar de leerla y volver a doblarla, Nortem preguntó:

—Padre, ¿qué ha querido decir con eso de *"estaréis bien protegidos"*?

—No lo sé, hijo —respondió Troiik igual de confuso. Quizá nos esté vigilando desde los bosques o quizá...

No terminó la frase porque, de repente, alguien saltó desde detrás del sofá.

—¡Hola, mi querida familia! Tenía muchas ganas de conoceos en persona.

Troiik y Nortem se quedaron perplejos al ver delante de ellos a un hombre muy alto, como media cabeza más alto que Troiik, que era mucho. El joven tenía los mismos rasgos faciales que Erin, aunque más pronunciados, por lo que dedujeron que era un elfo. Tenía el mismo color de pelo que Nortem y una sonrisa algo pícara de oreja a oreja. Los ojos azules como el mar embravecido y un zarcillo plateado en la oreja derecha. Vestía unos pantalones verdes, parecidos a los de los duendes de los cuentos, y una camisa ancha azul oscura. También llevaba un cinturón de borlas doradas, con muchos bolsillos donde guardaba múltiples objetos, desde una pequeña daga, un arco y su correspondiente flecha, unos botecitos raros, y hasta unas piedras. Las botas que calzaba eran finas y negras, muy bien trabajadas. Hasta para esto tenían muy buena mano los elfos. Después de quedarse mirando un buen rato, el elfo continuó hablando:

—¿Es que no me vais a recibir como es debido?   Está bien, veo que mi hermanita no os ha hablado mucho de mí... Me llamo Romak. Soy vuestro cuñado y tío   —dijo haciendo una pequeña reverencia a la vez que miraba a Troiik y a Nortem.

—Soy el pequeño de la familia y he venido a pasar unos días con vosotros.

—Dos, exactamente —dijo Nortem algo serio.

—Tranquilo muchacho. Nos llevaremos bien, ya lo verás. Soy muy fácil de complacer,— Romak se movía de una manera ágil y elegante por el salón de la casa.

—Me hablas como si fuera un niño, y no creo que seas mucho más mayor que yo... — Nortem se estaba empezando a poner nervioso con tanto movimiento de su tío.

—Diez años —repuso el elfo al mismo tiempo que abría una portezuela que daba al jardín e inspeccionaba un poco los alrededores de la casa.

—¿Cómo dices? —Preguntó Nortem curioso. El elfo seguía fisgoneando a la vez que asentía con la cabeza.

—Mi hermana Erin es solo un año mayor que yo. Pero tampoco te comas mucho la cabeza, muchacho. La edad élfica no se mide como la humana. Ahora no se nota mucho pero llegaremos a los sesenta y tendremos la misma pinta, mientras que vosotros...

Troiik le interrumpió, creyendo que ya había hablado demasiado, y le dijo:

—Bueno, querido cuñado al que apenas

conozco pero que está aquí como mi guardián y protector, ¿se puede saber por qué ha decidido Erin que tenías que ser tú?

—Respuesta sencilla, Troiik. Ella prefería que fuera alguien de la familia para que se crearan más vínculos, y para que todo quedara en casa. Aparte de Erin, sólo quedo yo. Y Riot, que es el tercer miembro de nuestro clan de protección. Pero como Riot tenía unos asuntos que atender allí en el bosque pues aquí estoy yo.

Troiik meneaba la cabeza de un lado a otro y se limitó a decir:

—Asuntos como el esperar a que tu hermana regresara a los bosques Kiar, ¿por ejemplo?

—No empecemos, padre. Seguro que Erin sabe lo que hace —De nuevo Nortem notaba a su padre tenso.

—Vaya —exclamó Romak pensativo y mirando fijamente a Troiik —cualquiera diría que no te hace ni pizca de gracia nuestro "fiel" Riot. No te preocupes Troiik, entre tú y yo, a mí tampoco me cae en gracia. Debo soportarle y acatar sus órdenes porque está en el mismo grupo de protección que yo pero... hay algo que no consigo ver y que no me inspira confianza. Erin confía en él a muerte, así que eso me tranquiliza un poco, pero aún así...

—Sí, —dijo Troiik como queriendo estar de acuerdo—. Eso es justamente a lo que me refiero, hay algo que no me encaja. Sólo espero que Erin no haga ninguna estupidez.

Romak soltó una carcajada muy fuerte y como ya estaba anocheciendo, Nortem le hizo un gesto para que bajara la voz, aunque ni él mismo podía contener la risa.

—Sí que te ha dado fuerte, Troiik. Los celos son muy malos, ¡ándate con cuidado!

Y siguió riendo un rato más, hasta que algo lo desconcertó por completo. Sus puntiagudas orejas se estiraron por completo y se quedó quieto, inmóvil por un momento. Parecía estar concentrado en algo, intentando escuchar el más mínimo detalle.

Cuando volvió en sí, se dirigió corriendo a la ventana y observó que el cielo había cambiado de gris a un gris más oscuro, y ahora casi negro. Ya no llovía, pero reinaba un silencio absoluto y una negrura inmensa. Ni siquiera se podía oír a los caballos o a las gallinas. Romak saltó sobre la mesa del salón, sacó su daga, que era muy fina y afilada, y se colocó en posición de ataque. Con la otra mano sostenía una pequeña botella de cristal con un líquido verde y brillante en su interior.

—¡Subid a la habitación más alta que tengáis

y escondeos allí! Ella está aquí, puedo olerlo, y no viene sola. ¡Haced lo que os digo sin preguntar!

Romak sonaba serio, incluso algo violento, pero en ningún momento asustado. Troiik y Nortem salieron disparados escaleras arriba pero antes de haber alcanzado la mitad de los escalones, la puerta principal de la casa y todas las ventanas del salón se abrieron de golpe, de par en par. Tras un humo negro, de un olor indescriptible, apareció una dama de inmensa belleza vestida de rojo, con una capa negra. Tenía una mirada cautivadora. Su piel, pálida como la luna, contrastaba con su cabello de color negro azabache. Tras ella se alzaba un grupo de unos veinte seres, con cuerpos como los de los humanos, aunque mucho más fuertes y esbeltos, y con cabezas de tamaño y forma sobrenatural. Monstruosas. Tenían tres ojos enormes y un pequeño cuerno en mitad de la frente.

Sin hacer más ruido y terminando por fin de subir la escalera de caracol, se metieron por una puertecita que daba a una pequeña habitación, muy pequeña, que Troiik utilizaba para guardar algunos recuerdos, cosas viejas y algunas armas, sólo por si acaso las necesitara alguna vez. Se agacharon y levantaron un trozo de madera que daba al salón de la casa.

Tumbados allí, sin apenas respirar, se dispusieron a escuchar y ver qué sucedía allí abajo.

—¡Entrega la pulsera! —gritó enfadada aquella mujer. Su voz detonaba cierto malestar en contra del elfo que se hallaba allí de pie, aún en posición atacante.

—Buenas noches, Vermella. Yo también me alegro de verte—. Romak le miraba con cierta malicia, y con una sonrisa juguetona, pero esto no agradó en absoluto a la bella y malvada mujer.

—¡No te andes con estupideces! ¿Acaso has olvidado quién soy y lo que puedo hacer contigo, estúpido y arrogante elfo?

—Tus palabras hacen que parezcas olvidadiza, Vermella ¿Cómo podría yo?

—Sé que está por aquí, en algún lugar.

Vermella miraba furiosa a su alrededor cuando de repente, fijó sus oscuros ojos de nuevo en el elfo:

—Y dime, Romak. ¿Dónde está tu querida hermana? ¿Hay alguien más en la casa o estás solito?

Romak se disponía a contestar cuando un ruido seco, proveniente de arriba, dejó al elfo apenas sin respiración, y a Vermella concentrada en esa parte de la casa.

—¡Ratones! —intervino Romak. Están por todas partes.

—Igual que todos vosotros —dijo casi en un susurro aquella oscura mujer, refiriéndose con gran desprecio a los elfos.

—Ya veo que no tienes ninguna intención de cooperar, así que le darás un pequeño recado a tu hermanita.

Romak hizo ademán de estar prestando atención y Vermella continuó hablando:

—Si en menos de una semana tu hermana no ha venido a verme trayendo consigo la pulsera de bronce, enviaré a mi ejército a destruir Torkiam. Y no voy a tener piedad ni reparo alguno. Fallé una vez pero en esta ocasión tu querida hermana Martyam no estará aquí para detenerme.

Al oír semejantes palabras Romak dio un salto para lanzarse sobre ella, pero dos de los monstruos de Vermella se apresuraron a cubrir a la malvada mujer. En ese momento volvió a abrirse la puerta y mientras salían, Vermella se apresuró a decir:

—¡Ah! Y saludos al mal educado de tu cuñado, que no ha sido capaz de salir a recibirme como es debido.

Y después de soltar una fuerte carcajada desapareció en una nube de humo negro, tal y como había aparecido. Romak cerró la puerta de golpe y silbó para que Nortem y Troiik bajaran de la pequeña y escondida habitación. Troiik traía consigo una cara de ira indescriptible, y Nortem, sin embargo, parecía tan confuso como siempre.

—No te preocupes, Troiik —intentó calmarle Romak —tiene los días contados. Todo está escrito.

Troiik no respondió pero su mirada decía que no pararía hasta que Vermella y todo el mal que le acompañaba desaparecieran por completo.

Habían pasado ya dos días y aún no habían tenido señales de Erin. Romak había salido de caza con Nortem y Troiik se había quedado en la casa limpiando y disponiendo todo como si fueran a tener algún invitado importante. Incluso se había tomado la molestia de salir a recoger algunas florecitas silvestres y colocarlas con un poco de agua en un jarrón tallado de madera, que él mismo había hecho. A mediodía, mientras el sol aún pegaba fuerte, divisó por la ventana de la cocina a dos hombres que corrían y se empujaban, como si estuvieran jugando. Eran Romak y Nortem. Volvían con una liebre y dos salmones del río al hombro. Y venían muy contentos. Demasiado...

—Entrad, dejad la caza y la pesca y mientras

yo cocino quiero que vayáis al cobertizo y os deis una ducha bien fría. Y sin rechistar—.

Troiik no estaba enfadado pero era la primera vez que veía a su hijo borracho, y aunque ya no era un niño, esto no le gustaba nada.

—Sólo hemos tomado un par de tragos de Aguamiel, Troiik. No es nada —Romak sonaba aún peor que Nortem.

—¡Menuda protección que nos ha enviado tu hermana! —dijo riendo Troiik, a la vez que le daba un empujón a Romak para que se diera cuenta de el estado en el que se encontraba.

Nortem no dijo nada. Avergonzado y con una sonrisa tímida, se apoyó en la barandilla de la escalera y subió a por ropa limpia y a por una pastilla de jabón. Cuando llegó al cobertizo donde estaba la improvisada ducha que había hecho su padre, Romak no estaba, o al menos eso parecía, ya que no se le oía y él no podía verle.

Nortem dejó la ropa limpia en un taburete de madera que había allí y se desnudó, cogió la pastilla de jabón y cerró la cortina de la ducha. El agua no salía muy caliente debido a la época del año pero como hacía algo de calor aquel día sentaba de maravilla.

Las cortinas de tela de la ducha no le cubrían entero, lo justo para que no se viera nada indebido, pero sí se podía contemplar perfectamente la espalda algo ancha y ya con músculos de un apuesto veinteañero. Su piel, pálida y suave como la de un elfo pero también tosca como la de un humano, había hecho que se convirtiera en muy poco tiempo en un joven muy atractivo.

Nortem estaba ya enjuagándose el jabón de su cabello cuando cayó en la cuenta de que no había cogido nada para secarse. Llamó a voces a su tío pero no apareció. En lugar de eso, alguien se le acercó y le dijo:

—¿Puedo ayudarte? —esa voz era demasiado familiar para confundirla. Se sentía avergonzado, nervioso, los colores se le subieron a las mejillas...

—Kyria, dime que no has... —la joven comenzó a reír llevándose las manos a la cara y contestó:

—¡Por supuesto que no, Nortem! Eso sería hacer trampas. Ten, cúbrete con esto—dijo Kyria quitándose su chal y extendiéndolo para que se lo pusiera. Acto seguido se dio la vuelta para que Nortem pudiera salir y taparse.

—He venido a por algo de pan. Tu padre no ha abierto hoy la tienda y varias personas del pueblo, al verme, me han encargado también sus pedidos. He venido en la carreta de mi padre —Kyria hablaba sin poder evitar desviar la mirada. Suerte que Nortem no podía verle.

—Hace un día estupendo, Nortem.

—Lo sé —dijo el muchacho comenzando a caminar hacia la casa, cogiendo de la mano a su amiga, mientras se sujetaba el chal con la otra mano—. He salido de caza y pesca esta mañana con mi tío Romak.

—¿Tienes un tío aquí? —preguntó confusa Kyria.

—Es una larga historia... pero sí. Y se queda unos días con nosotros. Podrías quedarte a comer hoy, mi padre está preparando lo que hemos cazado antes. Una liebre bien hermosa, ¡y dos salmones del río!

Nortem empujó la puerta de la casa para abrirla al tiempo que Kyria contestaba:

—Me encantaría pero tengo que llevarles el pan a las gentes del pueblo.

—¡Pero si tenemos visita! ¡y es una dama! —gritó Romak al ver a Kyria entrar, y le obsequió con una sonrisa juguetona. Troiik le dio un pequeño empujón en el hombro y le dijo:

—Romak, es mucho menor que tú y además creo que tendrías competencia.

—¡Padre! —gritó Nortem un poco avergonzado—. ¿Podríamos dejar esta conversación?

—Por supuesto hijo, sólo bromeaba.—

Troiik guiñó el ojo a Kyria y esta sonrió

tímidamente.

—Por cierto, hijo —continuó hablando Troiik, ¿dónde están tus ropas?, no es muy decente por tu parte presentarte así en casa en presencia de una dama.

—Alguien me quitó la ropa cuando me estaba duchando —dijo Nortem en tono sarcástico pero dirigido hacia Romak—, creyendo que era una broma buenísima.

—Anda muchacho —repuso su tío—sube a ponerte algo antes de que se te caiga lo poco que llevas encima.

Nortem salió pitando escaleras arriba, y una vez estuvo en su habitación, se vistió y arrojó por la escalera el chal de Kyria, que fue a caer justo a los pies de la chica.

—Muy típico de Nortem. Qué gran sentido del humor...

—¿Cómo dices? —preguntó algo confuso Troiik.

—No, nada, hablaba para mí misma.

Kyria enrojeció tan pronto se dio cuenta de que había dicho eso en voz alta.

—He venido a por algo de pan para mi familia y para algunas personas que me lo han encargado. Como hoy no has abierto la panadería...

—Sí, bueno, estábamos algo cansados aún

con lo de la feria, mi cuñado Romak está de visita y con tanto jaleo...

—¿Eres de por aquí cerca? —interrumpió Romak mirando fijamente a la chica. Kyria estaba algo nerviosa, la persona que se hallaba ahora en frente de ella interrogándole con la mirada no le parecía en absoluto un ser normal.

—Sí, señor. Soy de aquí de Torkiam. Nací aquí. Soy amiga de Nortem, de la escuela. Hemos terminado las clases este año y ahora pues...

Kyria no sabía como continuar. El elfo le miraba sin cesar y Troiik sabía lo que venía a continuacion en esa frase pero era obvio que la chica no estaba cómoda hablando de ello.

—Según las tradiciones de Torkiam, —comenzó Troiik—, a los veinte años los jóvenes ya están libres de ir a la escuela y pueden viajar, montar su propio negocio o casarse... eso es lo que Kyria intenta explicarte, Romak.

Troiik miró a Kyria con ternura y esto le tranquilizó.

—Interesante, —prosiguió Romak—, y dime, Kyria, ¿en cuál de las tres fases te encuentras tú, viajar, montar tu propio negocio o casarte?

—Eso no es de tu incumbencia, —contestó una voz desde las escaleras. Nortem llevaba una sonrisa burlona dibujada en la cara que lo decía todo. Estaba recién aseado y vestido con ropa limpia y lucía muy, muy bien. Romak lo miró con cara de estar orgulloso de su sobrino, por la manera en que este había hablado.

—¡Así se habla, Nortem! —le dijo.

—Y bien, —dijo Nortem a Kyria —¿te quedas a comer entonces?

—De veras que no puedo, me están esperando con el pan. Otro día, quizá.

Kyria hizo una pequeña reverencia a la vez que se agachó un poco más para coger su chal del suelo—. Nos veremos por ahí...¿verdad Nortem?

—Por supuesto —dijo el chico asintiendo con la cabeza—. ¡Cuídate!

Y después de acompañarle hasta la puerta la cerró tras de si y su padre y su tío le atiborraron a preguntas a las que el sólo se limitaba a contestar con una sonrisa.

Capítulo 6

RECUERDOS

Era de noche y la casa estaba tranquila y en completo silencio. Erin entró sigilosa, aún con la capa puesta, y se dirigió a la cocina. Tomó un vaso de agua y después de beberlo lo colocó en su sitio y se dirigió al salón. Como vio que todo estaba tranquilo, se dirigió a las escaleras para subir a su habitación, cuando de repente, Troiik, que se hallaba tumbado en el sofá con la manta hasta el cuello, se incorporó y le saludó:

—Bienvenida a casa, Erin.

La Elfa se giró sin apenas haberse asustado, se quitó la capa y la dejó encima de la mesa. Asintió con la cabeza y respondió:

—¿No consigues conciliar el sueño?—Troiik le miró atentamente y dijo:

—Todas estas noches he estado durmiendo aquí abajo, le he dejado mi cuarto a Romak. Y así de paso vigilaba por si...

Erin se acercó por detrás del sofá, y volviendo a hacer ese gesto tan suyo, colocó su mano sobre la nuca de Troiik, como si masajeara su cuello, y dijo:

—Me estabas esperando, ¿no es así?—

La elfa empezó a reír, dejando a Troiik algo avergonzado y sin saber qué contestar ante esas palabras. Era obvio que desde hacía algún tiempo Troiik había despertado cierto interés por su cuñada. Y a ella no parecía importarle. Troiik le tomó la mano y le hizo un gesto para que se sentara. Ella accedió sin reproche.

—¿Hay noticias de la pulsera?, ¿qué tal tus otros compatriotas?, ¿has vuelto para quedarte?

Troiik le atosigaba a preguntas y la pobre elfa se temía lo peor.

—La pulsera no esta aquí y creemos que alguien que conocía su paradero la robó y se la entregó a Vermella. Riot y yo creemos que ha sido uno de nosotros, ya que somos los únicos que conocíamos el escondite de la pulsera.— El solo nombramiento de aquel extraño elfo hizo que Troiik se pusiera tenso y sujetara la mano de Erin con más fuerza.

—Lo hizo él, Erin. Estoy totalmente seguro. Mira, yo no tengo súper poderes mentales como vosotros, pero puedo darme cuenta de que algo no anda bien, y tengo discernimiento cuando se trata de personas. Pondría la mano en el fuego...

—¿Pero de qué estas hablando, Troiik?

—de RIOT. ¡¡¡R-I-O-T!!! —dijo él levantando un poco la voz. Es ese amiguito tuyo de tu clan protector élfico. No me inspira nada de confianza. Y lo mismo les sucede a Nortem y a Romak. Por alguna razón, y sin apenas conocerle, tengo una corazonada de que no es del todo de los vuestros. Que esconde algo. Y por desgracia te tiene un poco cegada con...

—¡Basta! —gritó entonces la elfa. No voy a permitir que tus celos acaben conmigo. No señor. Conozco a Riot desde que era una niña, mi familia se ha fiado de él desde siempre, y yo también. Siempre ha sido mi protector y nunca me ha dado motivos para dudar de él. Así que quítate esa estúpida idea de la cabeza.

Y acto seguido se levantó, recogió su capa y se marchó a su habitación, con un paso tan elegante y ligero que parecía que flotase en el aire. Muy propio de los elfos...

Troiik sacudió la cabeza, se volvió a tumbar, volvió a taparse hasta el cuello y dejó que la noche y el sueño de nuevo se apoderaran de él.

—¡Nortem! ¿Quieres bajar ya? ¡Por el amor de Eak!

—¡Erin, Romak! —volvió a gritar Troiik bastante agobiado—. ¿Podéis dar de comer y beber a las gallinas y a los caballos mientras estamos fuera?, os lo agradecería muchísimo. ¡Vamos, Nortem!

—¡Padre! —Nortem corría escaleras abajo tan rápido como sus piernas se lo permitían.

—Vaya con el humor con el que te has levantado hoy, ¿no? ¿Acaso no has dormido bien?

—Simplemente no ha dormido —dijo Erin con una pequeña sonrisa.

—Y tú sí que habrás podido dormir sin ningún problema, ¿verdad,Erin?, sin remordimientos de conciencia ni nada por el estilo...

Troiik sonaba molesto y sarcástico al mismo tiempo. No estaba de humor esa mañana. Erin se dio la vuelta y, cogiendo su capa de terciopelo verde oscura, salió al jardín y comenzó a caminar hacia los bosques Kiar.

Troiik salió detrás de ella, avergonzado por lo sucedido, y Romak se limitó a observar por la ventana la curiosa pero predecible situación entre su hermana y su cuñado.

—Nortem, ven a sentarte a la mesa y aprovecha a desayunar mientras tu padre termina, creo que eso va para rato...
¡Vaya! Se han alejado demasiado, ahora los árboles me tapan la vista. En fin, ya son mayorcitos...

—¿Crees que se aman, tío Romak? —Nortem estaba sirviéndose un tazón de leche mientras le preguntaba.

—Pues no sé qué decirte, continuó el elfo. Yo

acabo de llegar. Mi hermana es muy prudente para estas cosas pero yo diría que a tu padre le ha dado muy fuerte con ella. Quizá tanto tiempo sin estar en brazos de una mujer...

—¡Bah, tío Romak!, no necesito esa clase de detalles. En serio, te los puedes ahorrar—. Nortem se ponía colorado con ese tipo de temas, y aún más, si tenían que ver con su padre.

—¿Crees que ve a mi madre en ella?—Siguió preguntando Nortem.

—Eso sería lógico, pero esperemos que si tu padre llega a enamorarse de ella, que sea por amor, y no por el recuerdo de su difunta esposa—. Romak se puso en pie y, acicalándose el pelo frente a un espejo que había en la entrada, le dijo a Nortem,

—Mira, será mejor que cojamos la carreta y el pan y que nos pongamos en marcha o la tienda no se abrirá en todo el día. No te preocupes por tu padre, le dejaremos una nota.

—Me parece bien —dijo Nortem poniéndose en pie también, —¡marchando!

Los dos jóvenes se encaminaron hacia la aldea con el propósito de abrir la panadería y así poder ponerse al día con las ventas. Los aldeanos ya empezaban a sospechar y ellos no querían darles motivos para ello.

Mientras, en la pradera que quedaba detrás de la casa, Troiik y Erin se hallaban aún discutiendo sobre algún tema que seguro tenía que ver con los sucesos de las últimas horas.

—Siento haberte hablado así anoche, Erin. No te merecías que me dirigiera a ti en ese tono —Troiik le suplicaba perdón a la elfa con las manos entrelazadas—. Si hay algo que pueda hacer para ayudarte con tu misión...

—Pues la verdad, empezaba a hablar Erin ahora algo más relajada—, sí que puedes hacer algo.

Erin hizo un gesto con la mano para que entraran de nuevo a la casa y pidió a Troiik que tomara asiento en el sofá del salón.

—Podría leerte la mente si me dejaras, y buscar entre tus recuerdos, para ver si de alguna manera, o mediante alguno de tus recuerdos y vivencias de los últimos veinte años, viste o escuchaste algo que pueda darme información relevante sobre algo o alguien relacionado con la pulsera. Sería rápido y no te dolería. Pero tienes que darme tu permiso.

Troiik la miraba absorto, debatiéndose entre las ganas de reír y la vergüenza que sentía por estar de repente tan cerca de desnudar sus recuerdos delante de ella. No estaba muy convencido, y menos ahora que podría dejar entrever sus sentimientos hacia ella si no tenía cuidado. Pero había prometido ayudarle, y ahí estaba Erin, esperando su respuesta.

—Está bien —dijo Troiik con aire de resignación, comencemos con el examen.

—Buen chico —dijo Erin entusiasmada y dándole una palmada en el hombro—, No tardaré mucho. Tú quédate quieto, cierra los ojos e intenta no pensar en nada ahora mismo, mantén la mente en blanco.

Troiik se relajó y la elfa se colocó detrás de él, de pie y con las palmas de las manos sobre sus sienes.

—Quizá notes una pequeña descarga eléctrica al

principio —repuso Erin—. No será nada—. Nada más terminar la última frase, Troiik sintió un escalofrío recorrer todo su cuerpo y a continuación una pequeña convulsión que le hizo saltar del sofá.

—¡Por Eak, Erin! ¿Qué me estás haciendo? —Troiik se rascaba la cabeza pero, haciendo caso a la mueca de la elfa, volvió a sentarse, y esta vez se relajó del todo. Erin volvió a colocar sus manos sobre las sienes de Troiik y cerrando los ojos de la misma manera que él, comenzó con su tarea. Ahora los dos eran vulnerables, ella sabría todo sobre él, y el sabría que ella tendría conocimiento de sus sentimientos.

No había salida, era el destino. Erin soltó una risita algo infantil de repente, y Troiik se dijo así mismo: *"estoy acabado."*

—Interesante —dijo algo burlona la elfa—. Muy pero que muy interesante.

Bueno... ¡ya está! he terminado.

Troiik se incorporó, pues se había medio tumbado en el respaldo del sofá. Antes de que Erin pudiera quitar las manos de las sienes de este, Troiik sujetó una de ellas y, sujetando a la elfa también de la cintura, le cogió en volandas hasta tenerle en su regazo y sin manera de escapar:

—Y dime, si no es mucho importunar...¿Lo que acabas de contemplar ha sido de tu agrado? —Troiik se encontraba muy cerca del rostro de la elfa y esta no podía contener su acelerada respiración, aunque sí peleaba por soltarse de su opresor.

—Vamos, Troiik, no seas inmaduro. Venía todo en el lote, no podía estar separando recuerdos a un lado y a otro. Hubiera tardado mucho.

Erin comenzaba a ponerse nerviosa. Con un simple hechizo podría deshacerse de los brazos de Troiik si quisiera, pero... ¿quería?

—Y supongo —continuó acercándose a la elfa—, que habrás encontrado lo que necesitabas, ¿no es así?

—Lo que iba buscando realmente no, eso no estaba allí —dijo la elfa intentando quitarle importancia al asunto—, lo demás era secundario y no viene al caso.

No pudo seguir hablando porque Troiik había terminado de mostrar su sonrisa más pícara y se había fundido con ella en un dulce y lento beso, del que ella no pudo escapar. Así estuvieron durante varios minutos y el sol que atravesaba la ventana de aquel pequeño pero acogedor salón, hacía la escena mucho más bella de lo que era.

Cuando por fin la elfa volvió en sí, se apartó de él y con una sonrisa tímida y las mejillas sonrosadas dijo con una voz gentil pero algo seria:

—No deberíamos...

—Shhhhh —le silenció Troiik poniendo un dedo en sus labios—. No diremos nada, será nuestro secreto... al menos por ahora.

—Pero Nortem se enfadará —repuso la elfa—. No hay día que no se esté enterando de algo nuevo, y esto no sé cómo le afectará. Después de todo, soy su tía.

—Se lo diremos en cuanto se presente la oportunidad, ¿de acuerdo? Y ahora, si me permites... —dijo Troiik dejando a la elfa de pie en el suelo—. Tengo que ir a abrir la tienda. ¿Dónde están...?

En ese momento, Troiik vio la nota que Romak había dejado encima de la mesa, y sonrió por el detalle que habían tenido él y su hijo de adelantarse camino al trabajo.

—Bueno, cogeré el otro caballo, me pondré en marcha y a ver si les alcanzo y puedo ayudar un poco.

Troiik se acercó a Erin con la intención de darle otro beso, pero esta, algo seria, le puso una mano en el pecho, frenándolo, queriendo ser prudente.

—Creo que voy a salir al bosque a recoger unas hierbas especiales para mis pócimas. No me quedan muchas y hay que estar bien provistos por lo que pudiera pasar.

Al oír la palabra bosque, Troiik se puso tenso pues conectaba el bosque con el infame de Riot, y no le hacía ninguna gracia—.

—¿Te verás con él? —dijo al fin algo serio.

—No tengo por qué verle, pero pierdes el tiempo preocupándote, Troiik. Ya te lo he dicho muchas veces—. Troiik no tuvo más remedio que asentir y, cogiendo su caballo, se marchó hacia Torkiam.

Capítulo 7

EL SUEÑO DE NORTEM

Romak y Nortem habían abierto el puesto de pan hacía ya un par de horas cuando Troiik llegó a la aldea. Ató su caballo a un poste de madera que tenían justo a la entrada y se adentró en la tienda. Olía de maravilla y todo parecía estar en orden y armonía. Troiik estaba contento.

—¡Buenos días, mi valiente conquistador! —le saludó con tono sarcástico Romak—. Y bien, ¿ya os habéis dado por vencidos? Por que vaya semanita que lleváis, se podía cortar la tensión con un cuchillo.

Troiik le hizo un gesto con la mano para que bajara la voz:

—Calla, atolondrado. Tú siempre con lo mismo. Si Nortem se entera de una sola palabra, te juro que...

—Vamos hombre, ¿así es como me lo pagas?, ¿a tu cuñado favorito? —Romak seguía riendo sin parar.

—¿Qué quieres decir? ¿has sido tú? ¿le has dicho algo a Erin y por eso...?

—Mira Troiik, te hubiera leído el pensamiento tarde o temprano, es cosa de elfos, yo sólo me aventuré la otra noche mientras dormías...

—¡Serás canalla! —Troiik se abalanzó sobre él con risas y medio jugando a pelearse. El elfo podía haberle tumbado con un suave empujón de haberlo querido, pero se limitó a forcejear con el nivel de fuerza de un humano. Nortem apareció de la trastienda en ese momento, buscó el mostrador a tientas para apoyarse y exclamó:

—Muy bien, padre. ¿Llegas tarde y encima quieres

99

lesionar a mis empleados? su sonrisa tampoco hacía estragos por esconderse.

—Vaya con el bravucón, ¿ahora te crees el dueño y señor de la tienda? —Troiik hizo una seña a Romak y juntos cogieron a Nortem para y lo incluyeron en su penoso pero divertido juego de pelea.

Estaban enzarzados en el juego, llenos de harina, hasta habían tirado por el suelo algunos panes y bollos que había en el mostrador, cuando sonó la campanita avisando que tenían clientela. Era Kyria, que venía como cada mañana a comprar el pan para su casa, y fue tal su asombro al contemplar la escena que, sacando una de las manos del bolsillo del delantal de su vestido, se la llevó a la boca para evitar que se le oyera reírse.

—Buenos días, caballeros. Quería dos tortas de pan, si es que queda algo digno de poder comer...

Los tres comenzaron a reír y mientras Romak se ponía a colocar y limpiar todo de nuevo, Troiik preparó el pedido para la muchacha.

—¿Qué tal están tus padres, Kyria? —preguntó Troiik sacudiéndose la harina de sus ropas.

—Muy bien, señor. Gracias. Y tú Nortem, ¿tienes un buen día hoy? —Kyria preguntaba de buena gana y con un tono algo irónico. Una carcajada fuerte sonó desde dentro de la trastienda y Troiik hizo un gesto de disculpa a Kyria para ir a ver qué pasaba. Y ahí estaban otra vez solos, Nortem y Kyria. Siempre abandonados a su suerte, siempre en situaciones raras. Así eran sus encuentros. Siempre inesperados.

—Nos debes una cena, ¿recuerdas?
—dijo Nortem con aire desenfadado y alegre.

—El otro día no te quisiste quedar.

Kyria recordó el incidente de la ducha en casa de Nortem y se empezó a poner colorada. Aunque Nortem no podía verla si notó un cambio en su voz.

—Es verdad, mis padres hablaban de ello el otro día. Insisten en que quieren invitaros a tu padre y a ti a cenar a casa mañana, si no estáis ocupados.

—¡Claro que no! —alzó la voz Nortem con gran entusiasmo.

—Quiero decir, preguntaré a mi padre, pero creo que estamos libres.

Nortem terminó de preparar el pedido que había comenzado su padre para ella y cuando hubo terminado, se lo depositó en las manos, sujetando una de ellas por debajo de las tortas de pan. Kyria tuvo un pequeño escalofrío y sonrió mirando fijamente a Nortem, que ya había dibujado la más bonita de sus sonrisas en la cara.

—Nos vemos mañana, ¿de acuerdo?

Kyria asintió y para darle un toque final y divertido a la conversación, dijo:

—Creo que será mejor que te duches de nuevo y te quites toda esa harina que llevas encima, a mi madre no creo que le causes muy buena impresión así.

Nortem cogió un puñado de harina de debajo del mostrador y rápidamente lo sopló en dirección a ella, dejando su precioso cabello oscuro más blanco que la propia nieve.

—¡Así iremos a juego! —Y soltó una carcajada mientras Kyria salía de la panadería sacudiendo la cabeza y sonriendo aún sin querer.

—Muy bien, Nortem —le dijo su padre saliendo de la trastienda desde donde había contemplado toda la escena.

—Y dime, ¿de dónde has aprendido esas maneras de tratar a una dama?

Romak ya estaba sonriendo ante la acusación de Troiik, y este tuvo que reprimir una risotada con mucho esfuerzo.

—El chico y yo hemos tenido una charla amistosa sobre las mujeres. De hombre a hombre. De tío a sobrino. De elfo a...

Iba a terminar la frase muy contento cuando, de repente, se dió cuenta del sentido que iban a cobrar las siguientes palabras y dirigió su mirada a Nortem que simplemente se más quedó serio y dijo:

—De elfo a... ¿un medio elfo?

Acto seguido abrió su mano y dejó caer la harina que le quedaba aún en la mano.

—Sólo quiero ser alguien normal—comenzó por fin a hablar.

—Me gustaría de veras poder recobrar la vista algún día y poder viajar y ver cosas y lugares por mí mismo. Y saber cómo es Kyria realmente, no a los ojos de los demás sino a los míos.

Romak y Troiik ahora estaban serios mirando y escuchando atentamente. Parecía una escena completamente distinta a la de hacía unos minutos.

—Creo —continuó Nortem—, que hay mucho más para mí que desconozco. Misterios todavía por resolver. Seguro que esa pulsera tiene que ver más conmigo de lo que me imagino. No sé, algo me dice que habrá muchos cambios y que algunos van a ser para bien pero otros no me van a gustar nada.

Romak empezó a ponerse tenso ante las afirmaciones del muchacho y preguntó curioso y a la vez preocupado:

—¿De dónde has sacado todo eso, Nortem?, ¿Quién te ha dicho semejantes cosas, o que te hace suponerlas?

Nortem se puso a jugar con la harina que quedaba sobre el mostrador, trazando líneas y formas sin sentido.

—No lo sé, tío Romak. Tuve un sueño bastante raro la otra noche y llevo dándole vueltas a la cabeza desde entonces—.

Romak le miró curioso y, acercándose a él le puso una mano en el hombro y le dijo amablemente:

—¿Y te importaría mucho contarme de qué iba ese sueño?

—No lo recuerdo muy bien, de hecho ya se me ha olvidado, pero me queda ese mal sabor de boca que me hace recordar que no era muy bueno—. Troiik miró a Romak y dijo:

—Bueno, quizá sea tu turno para proceder como "lector de mentes".

Y con esa frase hizo que Nortem se quedara totalmente pasmado.

—¿Puedo leer la mente? —Aquí venía otra novedad para el muchacho.

—Sí, los elfos tenemos ese don entre otros —dijo Romak mostrando una gran sonrisa a la que Troiik respondió con una pequeña mueca de burla hacia su cuñado.

—Pero será mejor que se lo dejemos a Erin —repuso el elfo—.

Ella además de saber leer mentes como yo, es mejor interpretadora de sueños, así que mataremos dos pájaros de un tiro. Si hay algo de valioso en tu sueño, ella nos lo hará saber. Quizá hasta el mismo Eak quiera utilizarte para revelarnos algo de suma importancia, Nortem.

—¿A mí? —repuso el joven—. Pues anda que no hay gente más apta que yo para cualquier misión. Vaya sentido del humor que tiene este Eak.

—Que tiene sentido del humor es cierto —dijo Troiik hablando irónicamente—. Pero Romak tiene razón en que Eak quizá quiere decirnos algo o avisarnos de alguna situación venidera. Erin nos lo dirá.

El resto del día en la tienda transcurrió de manera normal. Romak se fue a dar una vuelta por el pueblo para asegurarse de que la paz aún reinaba en Torkiam, al menos de momento. Nortem le había comentado a su padre acerca de la invitación para cenar en casa de Kyria, a la cual había accedido gustosamente. Al llegar a casa a media tarde, Erin se encontraba en la cocina, metida de lleno en los pucheros, con unos cuantos libros antiguos abiertos encima de la mesa, varios botes pequeños de cristal y una variedad increíble de hierbas, hojas y ramitas que proporcionaban un fresco aroma a campo a toda la casa.

—¿Y todo esto lo has encontrado en el bosque? —preguntó intrigado Troiik.

—No todo —contestó la elfa—. Algunas cosas ya las traía yo de casa. Sólo estoy completando mi botiquín.

Será necesario en algún momento y es en esta época del año cuando se pueden recoger estas especias.

—Yo diría que te preparas, o nos preparas, para algo grande...

Troiik hacía sus conjeturas.

—Troiik —comenzó a hablar algo más seria la elfa—, ya ha habido alguna que otra señal de que algo se acerca. La visita de Vermella y los suyos la otra noche, por ejemplo. No podemos correr ningún riesgo. Es mejor estar preparados.

—¡Señales! —gritó de repente Troiik como si se acordara de algo importante.

—¿Pasa algo, Troiik? —quiso saber la elfa.

Troiik le hizo un gesto para que cerrara la puerta de la cocina y las ventanas y echando un vistazo hacia afuera, y al comprobar que Nortem y Romak se hallaban aún atando a los caballos, comenzó a explicarle a Erin:

—Nortem nos ha dicho esta mañana en la panadería que tenía el presentimiento de que algo raro se acercaba. Y que tuvo un sueño la otra noche que le hizo confirmar sus sospechas.

—¿De qué iba el sueño, si se puede saber? —preguntó la elfa poniendo una atención exagerada.

—Pues... —prosiguió Troiik—. Ese es el problema, que no se acuerda. Le hemos contado lo de vuestro don para leer la mente, a lo que Romak ha añadido que también podías interpretar los sueños, y hemos creído conveniente que realizaras la misma operación con Nortem que realizaste conmigo esta mañana. ¿Crees que es posible, Erin?

La elfa se lo quedó mirando pero su mirada estaba perdida, como si estuviera intentando concentrarse en algo, y de repente respondió:

—Es arriesgado pero creo que no tenemos otra opción. Perfectamente podría ser una señal de Eak a través de Nortem para avisarnos de algo.

—Eso mismo le hemos dicho Romak y yo —asintió Troiik con la cabeza.

—Deberíamos ponernos esta misma noche con el asunto —interrumpió Erin, saliendo de su burbuja.

—Pero esta noche nos han invitado a cenar a casa de Kyria, la amiga de Nortem, no sé qué tal se tomará el tener que cancelarlo.

—Eso es lo de menos, Troiik —repuso la elfa con un tono seco y muy serio—. Es un asunto de vital importancia, al fin y al cabo se trata de la protección de todo Torkiam, y eso incluye a la misma Kyria.

Troiik asintió con la cabeza y dejando que Erin terminara sus tareas, salió de la cocina y se sentó en el sofá a esperar a Nortem y a Romak. Cuando estos dos entraron en el salón todavía con la sonrisa en la cara, Troiik les invitó a que se sentaran y les contó lo que acababa de hablar con Erin.

A Nortem se le entristeció la cara al pensar que no podría llevar a cabo su visita esa noche a casa de Kyria. Pero no dijo nada, asintió con la cabeza para dar a entender que lo comprendía y se limitó a preguntar:

—¿Cómo les avisaremos de que no podemos ir hoy?

A lo que Troiik rápidamente contestó:

—Quizá no nos lleve tanto tiempo, será mejor que comencemos cuanto antes.

En ese momento Erin salió de la cocina con un libro pequeño de tapas marrones, algo viejo ya, y con un pequeño bote con un líquido morado que olía como a mora y a bayas silvestres.

—Y bien —dijo Troiik—, empezamos así, ¿sin más?

—Cuanto antes mejor— repuso la elfa.

Y acto seguido se acercó a Nortem, le tomó de la mano y le dijo que se sentara en el sofá. Después se colocó justo detrás de él, como había hecho con su padre esa misma mañana, y le dio a beber de aquel pequeño frasco.

—No te hará daño —le dijo su tía—, te ayudará a conciliar un rápido sueño para que puedas ser más útil en esto. Además, lo encontrarás de un agradable sabor.

Sin más dilaciones, Nortem se decidió a beberlo y a los pocos segundos estaba completamente dormido. Erin colocó las palmas de las manos en las sienes de Nortem y este se revolvió en su asiento al recibir la descarga eléctrica, mientras Troiik hacía una mueca recordando su propia experiencia. Romak y Troiik tenían la mirada fija en Erin, a la espera de encontrar en su rostro alguna reacción, algún cambio en sus facciones, pero durante un buen rato la elfa ni se movió de su sitio. Todo parecía tranquilo y por miedo a desconcentrarla, ninguno de los dos se movió ni habló durante ese rato. Troiik mantenía la mirada clavada en Erin y no podía dejar de mirarle, de contemplar aquella belleza tan pura, tan serena ahora...

Sus cabellos rubios y largos le caían por encima del hombro, desnudo ahora por el corte de su vestido. Un vestido de un color azul claro que resaltaba notablemente su tez pálida y sus labios rosados. Toda una obra de arte.

Y estuvo allí sumido, en aquel país de las maravillas un rato más, y cuando por fin la elfa mudó su rostro, pasó de la más imperturbable paz a la preocupación más misteriosa en un momento. Había encontrado algo en la mente de Nortem que le había transformado por completo. Quizá algún recuerdo lejano, alguna memoria presente, algo que tuviera que ver con aquel sueño extraño del que Nortem había hablado apenas esa misma mañana...

Capítulo 8

¿SUEÑO O PESADILLA?

...No me encuentro muy bien. Creo que aún estoy dormido debido a la pócima que me dio a beber Erin, pero no quiero despertar aún, no quiero abrir los ojos. He notado como si alguien me cogiera en brazos y me permitiera contemplar una imagen, sin duda, para quedarse de piedra.

Aunque, pensándolo mejor, creo que Erin ya habrá visualizado la imagen también, así que no hay motivo para permanecer aquí dormido...

—Ya puedes abrir los ojos, Nortem —escuché decir a Erin con su voz dulce y angelical, al mismo tiempo que retiraba las manos de mis sienes. Me desperecé un poco e hice como si realmente hubiese estado dormido. Estiré los brazos hacia el techo e hice como si me acabara de despertar.

—Bueno... me limité a decir—, ¿y qué has visto?

Erin estaba en silencio y algo enfadada también, lo sabía porque estaba repiqueteando en el suelo con el tacón de su bota puntiaguda, lo cual me hizo sentir algo incómodo.

—Sabes perfectamente lo que he visto, Nortem, porque tú has visto lo mismo. También sé que durante los últimos minutos de mi lectura ya estabas despierto. Una ya es experta en este tipo de operaciones...

Ahora notaba que me miraba más relajada y algo sonriente, al mismo tiempo que yo asentía con la cabeza, y hacía un gesto de rendición con los brazos.

—Está bien, tía Erin... ¿y qué se supone que debemos hacer al respecto?

—¡Eh, oye, que estamos aquí! —replicó Troiik—. ¿Podemos saber también de qué iba ese sueño?

Me giré para que pudieran verme la cara, con el rostro más bien triste y preocupado, y aunque intenté disimular, fracasé de inmediato en el intento.

—¿Qué es lo que ocurre? —preguntó ansioso Troiik—. ¿Qué se supone que has visto, Erin, y porqué tenéis los dos ese rostro tan fúnebre?

Erin miró a Romak y este comprendió al instante la situación. ¡Telepatía élfica! no me iría a la cama sin saber algo nuevo e interesante sobre estos... parientes.

—Torkiam tiene los días contados— Erin comenzó por fin a explicar—. Al menos según el sueño que tuvo Nortem, y que yo misma acabo de contemplar. La mismísima Vermella vendrá en persona, con su asqueroso ejército de Zutaks, y sin más dilaciones, arrasará con Torkiam y con todo lo que se ponga por delante. No quedará nada, todo se verá reducido a cenizas y humo.

Troiik no salía de su asombro y noté cómo se dirigía hacia mí, y me colocaba su mano encima del hombro, para tranquilizarme.

—¿Y ya está? —preguntó indignado, ¿Así es como acaba todo?, ¿No hay final feliz para los buenos?, ¿no reinará la paz por fin y para siempre jamás en Torkiam?

Según iba haciéndose esas preguntas en voz alta, yo podía sentir cómo se le entrecortaba la voz y cómo en breve comenzarían las lágrimas, algo que nunca había presenciado con mi padre. Erin le tomó de la mano y le dijo:

—Es un sueño, una visión. No sabemos si ocurrirá de verdad, ni cuándo ni porqué. Simplemente...

—¿Simplemente qué? —gritó Troiik enfadado, soltando bruscamente la mano de la elfa.

—¿Tú crees que Nortem ha tenido un sueño así sin ningún motivo? ¿Que el chico tiene esa clase de visiones continuamente y sin razón alguna? Estoy totalmente convencido de que es una señal, ahora mismo dudo de si viene de Eak, o si es la mismísima Vermella y su oscuridad queriendo meterse en nuestras mentes pero...

—No nos hará daño —replicó Erin—, no mientras sigamos confiando en Eak y sigamos su voluntad. Él nos protegerá. De hecho, ya lo está haciendo.

Ahora era el turno de Romak, el cual llevaba ya un buen rato sentado y sin decir ni una palabra:

—Y todo por esa dichosa pulsera... —era lo único que alcanzó a decir. Estaba inquieto, enfadado. Se puso en pie de un brinco y no hacía más que dar vueltas por el salón.

—¿De veras no te haces una idea de quién puede haber robado esa pulsera, Erin?—comenzó de nuevo Troiik—.

Él tenía una idea bastante clara en la cabeza pero sus palabras se le agolpaban en la boca y no conseguían salir, por miedo a herir a la elfa y comenzar así otra discusión. Romak se quedó mirando fijamente a Troiik como intentando averiguar sus intenciones, mientras Erin les daba la espalda y se quedaba perpleja mirando un pajarito que acababa de posarse en la ventana.

Yo me puse en pie, agarré mi bastón y me dirigí hacia la puerta. Necesitaba aire fresco, necesitaba espacio, poder moverme libremente y despejar la mente de todo aquello que estaba aconteciendo y que estaba cambiando mi mundo y todo mi alrededor a una velocidad desmesurada.

Salí al jardín y caminé un poco más.

Atravesé la valla que rodea nuestra casa y me dirigí a la pradera que había justo detrás, y allí, ante un día limpio y soleado, me senté a la sombra de un árbol enorme, cuyas raíces crecían hacia la ribera del riachuelo que pasaba por allí.

Debía de ser un paisaje espléndido. Una tranquilidad que no podía pagarse con nada. Una sensación de paz única. Ojalá pudiera mantenerme allí por más tiempo, pero era inútil. Bien sabía que debía hacer algo, no podía ignorar la situación. Una situación tan grave. Era mi aldea, mi gente, mi familia, mi propia vida...

De repente sentí un agudo pinchazo en el corazón, un pequeño pero molesto dolor que no había sentido antes. La cabeza me empezó a dar vueltas y me venían imágenes y recuerdos mezclados. De pronto, me vino a la mente un solo pensamiento, una persona... Kyria.

Todo se me vino abajo, no había pensado antes en ello pero de pronto comprendí que si no hacía algo al respecto, no volvería a verla, Kyria se habría esfumado también de la manera más cruel posible, junto con el resto de los habitantes de Torkiam. El pinchazo en el corazón se hizo cada vez más agudo y notaba que me empezaba a fallar la respiración. Me acerqué un poco más al diminuto riachuelo, me puse de rodillas y me incliné para coger un poco de agua con las manos y poder refrescarme la cara.

Quizá así esta ansiedad se disiparía un poco. Me sequé con la camisa y me puse de nuevo en pie, ayudándome con el bastón para poder volver de nuevo a casa. Ya desde fuera se oían voces, Erin y Troiik estaban peleando de nuevo, y la risa de Romak, algo traviesa, podía distinguirse también a lo lejos.

—¿Qué insinúas, Troiik?, ¿quieres volver a sacar el tema? te crees muy listo, ¿verdad? Y sólo porque alguien no te caiga en gracia, ¿ya tiene que acarrear la sospecha sobre sus hombros?

—Vamos, Erin —respondió entonces Troiik—. No puedes ponerte así, y menos cuando en el fondo sabes que tengo razón. Riot no es de fiar. No...

—¡Pero…! —alzó la voz Erin—. ¿Desde cuándo le conoces tan bien como para hacer esa suposición?

Nadie notó que había entrado en la casa, ni siquiera cuando me esforcé por cerrar el portón de golpe para que el ruido les interrumpiera. Me dirigí al salón y me senté con Romak, que estaba sonriente, jugando con un juego de damas de madera que el mismo había confeccionado. Parecía no querer tomar cartas en el asunto pero su sonrisa delataba que estaba al tanto de la conversación y que tenía su propia opinión al respecto.

—Alguien cercano a vosotros, y por lo tanto un elfo, es el que tiene la pulsera.

Fue la siguiente frase acusadora que soltó Troiik, el cual se hallaba cara a cara con Erin, allí de pie, delante de nosotros. Erin estaba roja del enfado pero se quedó callada por un momento, como si intentara recapacitar en las palabras de Troiik.

—¿Y tú qué opinas de todo esto, Romak? —El

elfo levantó la mirada hacia su hermana, que lo miraba fijamente.

—Riot no ha estado nunca en mi lista de favoritos... —Erin comenzaba a resoplar por lo bajo—. Si bien es uno de nosotros, por lo tanto no debería haber ningún secreto oculto, pero todos sabemos de la extraña independencia de Riot y de su poca comunicación verbal con el resto del clan.

¿Acaso nos comentaba de sus planes de ataque en batalla o las estrategias de seguridad para los nuestros? No, simplemente ordenaba y todos teníamos que acatar sus órdenes.

Romak siguió haciendo sus conjeturas mientras Erin lo escuchaba atentamente. Se había relajado bastante, quizá había dado su brazo a torcer ante la idea de que Riot pudiera ser el traidor. No obstante, había cierto recelo en su voz y esto se debía a que la idea no le gustaba demasiado.

—Tengo que ir a los bosques Kiar esta misma noche. Reuniré al consejo y plantaremos cara a este asunto. Romak, prepara tus cosas, nos marchamos.

—¡Ni hablar! —dijo Troiik dirigiéndose hacia la puerta, impidiéndoles el paso.

—Es muy arriesgado y... y no creo que sea necesario.

—Creo —continuó Erin—, que deberías dejar los celos a un lado, Troiik, y pensar por una vez con la cabeza.

La elfa se giró y se dirigió hacia su cuarto a recoger sus cosas. Romak hizo una mueca sonriente a Troiik y acercándose a él, le dijo:

—No te preocupes, en menos de lo que crees se habrá rendido a tus pies—.

Y se alejó escaleras arriba a grandes zancadas. Troiik se quedó callado. Yo no supe más que soltar una pequeña risotada, a la que mi padre objetó:

—Muy gracioso, Nortem, muy gracioso.

Por cierto, ¿Tú y yo no teníamos una invitación para cenar en casa de... déjame pensar... Kyria?

Me puse tenso. La sola idea de pensar en Kyria me había hecho recordar la terrible experiencia que había tenido apenas unas horas. No podía dejar de pensar en ello. No obstante, me moría de ganas de estar con ella, de charlar, de pasar un buen rato... me vendría muy bien, la verdad.

Capítulo 9

QUE SE PARE EL TIEMPO...

Una vez terminamos de acicalarnos, nos pusimos en marcha. Como la casa de los padres de Kyria quedaba un poco lejos de la nuestra, decidimos hacer el recorrido hasta allí en uno de nuestros caballos, o mejor dicho, en mi caballo, Polt, el cual era mucho más rápido y joven que el de mi padre. Era aún de día pero el sol se iba escondiendo a pasos agigantados. Pronto se despediría de nosotros, pero aún podía sentir sus últimos rayos en mis mejillas al cabalgar.

Tenía muchas ganas de volver a estar con Kyria, de oír su voz y escuchar su risa. No tenía ni idea de cuánto duraría la velada, ni de qué tipo de cosas hablaríamos durante la cena, o si nuestros padres se limitarían a charlar de sus asuntos y nos dejarían en paz por una vez... Lo que sí presentía era que, tal vez, después de aquella noche, tardaría mucho en volver a verla... si es que volvía a verla.

—Llevas mucho rato callado, Nortem —Preguntó mi padre intentando sacarme algo de información. ¿Te sucede algo?

—Estoy bien, padre, sólo meditaba. Estos días la cabeza me da muchas vueltas. Sabes bien cómo soy con esto de mis presentimientos y...

—¿Te preocupa el bienestar de Kyria? —de repente noté que Polt se paraba en seco y supe que Troiik había tirado de las riendas para que el caballo frenase.

116

—No y sí —contesté algo confuso—. Por un lado intento ser positivo con todo esto, confiando en que Eak estará a nuestro lado en cada momento y que nada grave nos sucederá a ninguno de nosotros. Pero entonces pienso... ¿cómo puedo proteger a Kyria de algo que desconoce por completo? ¿No se supone que debería decirle algo, contarle toda la historia? No le resulta nada fácil confiar en mí a estas alturas y el seguir escondiendo algo así puede empeorar las cosas.

—Debes entender, Nortem —comenzó a decir mi padre— que no todos han nacido con un mismo propósito y que muchas cosas sólo nos son reveladas a aquellos a quienes Eak cree que están preparados. No obstante, tú conoces bien a Kyria desde que era pequeña. Si crees que su mente estará receptiva a esta clase de información, adelante. Aunque creo que antes deberíamos consultar a Erin.

Noté entonces que su voz se apagaba. Era increíble lo mucho que le quería pues Erin apenas se había marchado hacía unas horas y ya le echaba mucho de menos.

—Supongo —continué—, que tienes razón. Pero espero que Erin regrese pronto. No creo que Vermella aguante un día más sin atacar. Hace ya días que no recibimos noticias suyas. Debe estar al caer...

Y dejando la conversación en ese punto, llegamos a casa de Kyria.

Amarramos a Polt en el jardín que quedaba en la parte trasera de la casa y como por arte de magia, hicimos un gesto rápido y a la vez. Nos arreglamos la camisa, que estaba un poco arrugada, y nos peinamos un poco por encima. La madre de Kyria, que estaba guisando en la cocina, nos vio por la ventana y llamó a voces a su marido mientras nos abría la puerta.

—¡Pasad! ¡Qué sorpresa!, aunque ya os esperábamos, claro... —(la madre de Kyria no era tenía un sentido del humor muy desarrollado).

—¡Bienvenidos a mi humilde hogar, muchachos! —ahora era el turno de Sumus—. Pero... ¡pasad!, ¡no os quedéis ahí pasmados!—. El bueno de Sumus dio un pequeño tirón de la mano de Troiik, y éste a su vez me agarró a mí del brazo para que pasáramos. Los primeros cinco minutos transcurrieron entre abrazos, risas, y algún que otro empujón cariñoso por parte del perro de la familia, que no tenía nombre. Kyria siempre le había llamado PERRO. No tenía tanta imaginación para los nombres como yo. Yo al menos había puesto un nombre a mi caballo...

—¡Nortem!, ¡Troiik! —una voz apasionada y viva, más viva que de costumbre, me interrumpió y de repente tuve que agarrarme con más fuerza al brazo de Troiik. No habían pasado ni cinco segundos, cuando otra mano sustituyó de repente a la de mi padre. Provocando en mi una sensación de cosquilleo aunque placentera al mismo tiempo. Kyria me cogía de la mano cada vez más a menudo. Ya hasta lo hacía delante de nuestros padres. Creo firmemente que se lo imaginaban. Se imaginaban lo nuestro. Lo que fuera que pasara entre nosotros dos.

—¿Qué tal estás? Hace días que no sabía nada de ti. ¿Has estado muy ocupado atendiendo a tu familia? ¿Siguen aquí en Torkiam, o ya han partido? —Kyria me apretaba la mano con más fuerza cada vez que enunciaba una nueva pregunta.

—Kyria, querida —le dijo su madre—recoge la chaqueta de Nortem y cuélgala detrás de la puerta. Y no le atosigues con tanta pregunta. No va a querer volver a verte. ¡Uy!, qué broma más mala.

Sé que Kyria se estaba riendo por lo bajo pero a mí no me hizo tanta gracia.

Seguramente todos pensaron que no me hizo gracia debido a mi discapacidad, pero era más bien por lo que encerraban las palabras de aquella mujer: "No volver a ver a Kyria".

Otro tumulto de imágenes se apoderó de mí, pero me hice valer de la fuerza que Eak me había dado y las aparté de mí tan pronto como pude. Esta noche no. No dejaría que nada estropeara aquella oportunidad tan buena, pero a la vez escasa, de estar con ella.

Nos sentamos a la mesa y no tuve más remedio que sentarme al lado de mi padre. Estábamos absolutamente compenetrados para este tipo de situaciones y él era mi fiel espía. Cada cosa que necesitaba saber, me lo decía por lo bajo, sin que apenas se notara.

—Lleva el pelo recogido —comenzó mi padre describiendo cómo iba Kyria esa noche— en una cola de caballo. Luce un vestido verde claro de manga corta y... pues está muy guapa.

Troiik entonces se giró para seguir hablando con Sumus y su mujer y nos dejaron a Kyria y a mí cara a cara. Me daba mucha rabia cada vez que Troiik me describía como lucía Kyria en cada ocasión. Por supuesto que estaba más que agradecido por su información, pero... ¡cuánto anhelaba verlo con mis propios ojos!

—Nortem... casi no has probado bocado. —Esa voz otra vez. No sabía por qué, pero hacía unas semanas era tan solo un muchacho de veinte años que tenía una amiga especial, con la cual no iba más allá porque ocupaba su tiempo en otros quehaceres. Pero de la noche a la mañana ya no podía dejar de pensar en ella. Estaba aturdido, desconcertado, enamorado...

—Sí, perdona —me limité a decir mientras me llevaba a la boca un pedazo enorme de carne—. ¿Decías algo? —Kyria se echo a reír y fueron unos segundos inolvidables. Cómo deseé que se parara el tiempo en ese momento. Entonces se acercó a mi oído y me dijo en voz baja:

—Cuando termines de devorar lo que te queda en el plato podemos ir a dar un paseo si quieres. Hace una noche espléndida.

Me encantó la idea, así que asentí, y sujeté su mano con fuerza por debajo de la mesa mientras le devolvía la sonrisa.

Nuestros padres accedieron a nuestro paseo nocturno, lo cual me extrañó un poco pues daba la impresión de que ellos también necesitaban estar a solas para charlar sobre algún asunto importante. Simplemente nos pidieron que no nos alejáramos mucho, y que no tardáramos en volver.

Ahora sí que era completamente de noche, aunque la luna brillaba con fuerza y el cielo estaba despejado. Así que no nos hizo ninguna falta la lámpara de aceite, ni velas, ni nada por el estilo. Nos fuimos a sentar en un tronco de roble que había tumbado justo en medio del jardín de la casa.

Por primera vez en mucho tiempo no estaba nervioso. Al menos no estaba nervioso por mis sentimientos hacia Kyria. Me acompañaba más bien una ansiedad repentina de estar junto a ella para siempre. De compartir nuestras vidas.

—No has hablado mucho esta noche, Nortem. Sin embargo, te noto diferente, pensativo. Puedes contármelo si quieres...

—¡Ojalá! —pensé para mis adentros— Si fuera tan fácil...

Kyria me tomó la mano en ese preciso instante y supe que me estaba mirando fijamente con cara de preocupación y curiosidad al mismo tiempo. Era el momento de hacer algo, de contarle la historia al completo, de hacerle participe de mi pasado, mi familia y las cosas que iban a acontecer debido a mi existencia. Mi padre me había recomendado que primero lo consultáramos con Erin, pero sentía una gran punzada de culpa en el pecho por seguir ocultándoselo a Kyria, y el solo pensamiento de que esa noche pudiera ser la última que estuviéramos juntos me armó de valor y apretando los puños fuertemente, dejé escapar las palabras:

—Kyria, debes escucharme ahora, y tienes que hacerlo atentamente y sin interrupciones de ningún tipo, ¿de acuerdo?

Ella me soltó la mano de repente, se colocó justo delante de mí, sentada sobre su falda y se quedó en silencio dispuesta a escuchar lo que tenía que decirle.

—Lo que voy a contarte, —comencé a hablar casi temblando— es difícil de entender y digerir, pero es todo cierto, muy importante y hasta cierto punto peligroso, si la información saliera de aquí, ¿entiendes?

—Por supuesto, Nortem —respondió ella en un

tono seguro y calmado—, te prometo que será nuestro secreto.

—La historia es un poco larga, Kyria.

Comienza mucho antes de que yo naciera. Cuando mis padres se conocieron en Torkiam. Resulta que... seguro que has oído historias sobre...

No podía continuar. Me había quedado estancado. Kyria pensaría que estaba mal de la cabeza si continuaba hablando...

pero tenía que hacerlo. Tenía que hacerlo ahora o puede que no se me volviese a presentar otra oportunidad.

—Ya conoces algo sobre la profecía de la ceremonia de talentos y la pulsera, ¿verdad? —noté que me quemaba la garganta y me sudaban las manos.

—¿Qué? —preguntó Kyria desconcertada.

—La profecía de Eak, la ceremonia de talentos... la pulsera sanadora...

Ahora notaba que su respiración se había acelerado un poco más. O bien salía corriendo de allí o bien seguía escuchándome para ver a dónde llevaba esta conversación.

–Pues... alguna vez he escuchado historias sobre una profecía misteriosa, la ceremonia de talentos y la pulsera esa, pero sinceramente, ha pasado tanto tiempo y aún no ha sucedido nada al respecto así que la gente hace mucho que ha dejado esos temas de lado. Muchos ya ni creen, Nortem. ¿Y qué tiene eso que ver con nosotros?

—Mucho, Kyria —Comencé a explicarle algo más relajado ahora—. ´Estamos a poco de cumplir los veinte años de edad. Tú, yo y otros muchos muchachos y muchachas de la aldea. ¿Sabes lo que eso significa, Kyria?

—¿La ceremonia de talentos? —respondió ella.

—¡Exacto!, y creo que sabes bien de qué trata y lo

que supondrá para todos nosotros. Habrá cambios, muchos cambios, y según las reglas...

—no podemos decidir conjuntamente. Nuestra elección es personal y no puede interferir nadie más.

Kyria comenzaba a entender al menos una parte de la situación. Escuché cómo resoplaba, algo triste y resignada, y busqué su mano para cogerla junto a la mía. Seguí hablando, esta vez intentando buscar palabras que no le desalentaran, pero aún tenía cosas más serias que contarle.

—Supongo que vas a decirme que ya has elegido tu destino, ¿no es así, Nortem? —Kyria estaba ahora metida de lleno en el corazón de la conversación y le daba vueltas a cada uno de los temas.

—Pues, no es definitivo, la verdad. Ya sabes que mi condición es diferente a la tuya, y que hay algo de mi naturaleza que tira de mí... ¡pero estoy tan confuso!

Kyria se quedó callada por un momento. A mí se me hizo eterno, pero al final habló.

—Es difícil de imaginar pero... tendremos que hacer lo correcto cueste lo que cueste, y elegir lo que nos dicte el corazón.

Me pareció duro, pero muy sensato.

—¿Y qué hay de esa pulsera, Nortem?, ¿qué tiene ella que ver en toda esta historia?

—¡Todo, Kyria! es la clave de la profecía. La causa de que Vermella quiera volver...

No sabía hasta dónde estaba informada Kyria y me quedé algo avergonzado por mi atrevimiento.

—¿Entonces es cierto?, ¿existe esa mujer?

—Por supuesto que sí, Kyria. ¡Por Eak!, ¿por qué es tan incrédulo este pueblo para estás cosas?

—No ha pasado nada en casi veinte años,

Nortem... la gente acaba acomodándose cuando el peligro no acecha.

—Sí, pero la profecía sigue ahí, y que yo sepa se nos ha contado desde pequeños, aunque fuera en forma de cuento, y todos sabíamos que el día llegaría cuando...

—¡Para, Nortem!, ¡me estás asustando!No creo que haya motivo de alarma, los elfos de los bosques Kiar están siempre ahí para protegernos. ¡Tú deberías saberlo bien!

—¡Ja!, eso no será suficiente, llegado el día...

Mis palabras no hacían más que acelerar a la pobre Kyria. Pero era un tema difícil de exponer de cualquier manera.

—No quiero seguir hablando de esto, Nortem. Yo confío en que Eak y el numeroso clan de elfos y elfas que tenemos a nuestra disposición, nos ayuden en caso de cualquier peligro.

—¡Quiere la pulsera! ¡Va a volver a por ella y arrasará todo lo que se ponga en su camino hasta que la encuentre!

—¿Qué? ¡Nortem, por favor!, ¿Para qué quiere esa pulsera? ¿Qué tiene de especial?

La conversación se estaba convirtiendo en un caos pero intenté calmarnos a los dos, la estreché contra mí en un fuerte y tierno abrazo y, cuando noté que su respiración volvía a un ritmo de total normalidad, le solté poco a poco, y continué hablando.

—Esa pulsera pertenecía a mi madre. Era un don que Eak le había entregado en vida y tenía poderes curativos. Vermella, por despecho a Eak, quiso hacerse con la pulsera para privar de la sanidad física y mental que pudiera haber en los habitantes de Torkiam. Consiguió hacerse con ella... y ya conoces el resto de la historia, lo que hizo...

Era difícil para mí tener que recordar esa historia, sobre todo porque no hacía muchos días que yo mismo conocía la verdadera historia de la muerte de mi madre.

—De alguna manera... —continué— mi tía Erin y algunos otros elfos consiguieron arrebatarle la pulsera en un forcejeo con Vermella y le engañaron, quedándose ellos con la pulsera y dejando que Vermella se llevara la caja donde se suponía estaba guardada, vacía. Vermella no tardó en darse cuenta de que la pulsera no estaba, y creyendo que la había perdido, se enfureció y se volvió loca buscándola, aunque Erin y los suyos ya habían creado un escudo protector sobre la villa, con lo que esa arpía no podía hacernos daño. Erin había escondido la pulsera en mi casa. Todos éstos años ha estado allí, y debía estar allí hasta el cumplimiento de la profecía, en la próxima ceremonia de talentos. Pero alguien, y creemos que es algún elfo del clan de Erin, alguien con mala intención ha sacado la pulsera de su escudo de protección, con lo que Vermella la ha divisado y ahora quiere volver a por ella. En cualquier momento puede atacarnos, y de hecho me extraña que esté tardando tanto. El otro día nos hizo una visita, para avisarnos.

—¿Qué? ¿Has visto a ese ser en persona? ¿Cómo era? —Kyria mostraba ahora mucho interés, aunque también podía notar terror en su voz.

—Pues no es la persona más agradable con la que te puedas encontrar... y mi descripción no te va a servir de mucho pero su presencia es tan oscura que sientes un frío que penetra hasta los huesos y no desaparece hasta que ella se ha ido. No quieres estar cerca, si lo desea, puede destruirte con tan sólo levantar un dedo. Dicen que es muy bella pero que no debes mirarle fijamente a los ojos pues en otro tiempo fue una ninfa musical y aún conserva el don que poseen estas ninfas, sólo que ella lo utiliza para engatusar, manipular y destruir a las personas. La cuestión es, Kyria, y con esto doy por terminada la historia, que alguien robó la pulsera de su escondite en algún momento durante estos veinte años.

Cuando Erin volvió para buscarla nos dijo que no estaba donde ella la había colocado, y por alguna extraña razón mi padre sospecha que es alguien del clan de mis tíos. Erin tenía órdenes de contar a los suyos acerca del paradero de la pulsera y no hay duda de que sólo los elfos conocen dicho paradero.

—¿Y hay alguien en concreto en quien recaiga la sospecha?

Me encantaba la manera en la que Kyria estaba participando, no creí en ningún momento que se fuera a tomar las cosas tan bien. Era como si hubiera nacido, de algún modo, preparada para oír algo así.

—Se llama Riot. Es un elfo del clan de mi tía Erin. Él tiene el don de utilizar la magia para vislumbrar lugares o situaciones dentro de su mente. Según mi tía, es muy útil cuando alguien se ha perdido o quieren ver a qué distancia se halla el enemigo, por ejemplo. A mi padre no le ha caído nunca en gracia, y le echa la culpa a él del robo de la pulsera. Pero yo creo que son celos, pues es evidente que mi padre está enamorado de mi tía.

—¿Tu padre y tu tía Erin? ¡Vaaaaya! —exclamó Kyria, y acto seguido se le escapó una risita juguetona. Como mujer que era, le encantaban este tipo de historias románticas.

—No comentes nada con nadie. Mi padre se

126

enfurece cuando yo o mi tío Romak bromeamos sobre ello, además mi padre y Erin están discutiendo cada dos por tres por el tema del elfo ese del que te he hablado, Riot.

—No diré nada, te lo prometo —Y me dio un apretón en la mano, para reafirmar sus palabras.

—¿Tus tíos siguen en Torkiam? —noté cómo la curiosidad permanecía en ella.

—No. Se marcharon a los bosques Kiar. Quieren reunir a todo el consejo élfico para discutir la cuestión de si es Riot o no el culpable. Espero que se den prisa y saquen algo en claro. No quisiéramos que Vermella y los suyos nos atacaran ahora que estamos sin protección.

Kyria se sobresaltó de repente y se puso en pie de un salto. Creo que le había vuelto a entrar el pánico con mi último comentario.

—¿Crees que nos atacarán en breve, Nortem? —me puse de pie como pude, y tomándole de las manos de nuevo, le dije:

—Es muy probable. Pero no tengas miedo. Sé que Eak avisará a Erin y a los suyos si existe algún peligro, y vendrán enseguida a ayudarnos. Kyria —dije acercándome más a ella, casi notando su respiración en mi rostro,

—No voy a dejarte, haré lo posible por mantenernos juntos y a salvo de toda esta situación. Me importas demasiado como para perderte ahora.

Kyria se quedó en silencio, y fue una de esas veces en las que habría deseado poder ver para descifrar su mirada, su expresión...

No me hizo falta, tan pronto como quise empezar a hablar de nuevo, sentí que sus labios me sellaban la boca y se fundían con los míos en un cálido y tierno beso. Corto, pero para mí fue maravilloso.

—Lo... lo siento, Nortem. Sé que tú no... pero no he podido contenerme.

—No te preocupes —dije con la respiración un poco acelerada—, No es el momento ni la manera en que lo había imaginado... pero supongo que llega justo a tiempo. Al menos para mí. La verdad, Kyria, yo lo siento aún más.

—¿Qué es lo que sientes, Nortem?—repuso ella con tono algo avergonzado aún.

—Siento no haber sido yo quien tomara la iniciativa—. Nos quedamos callados un par de segundos, con las manos entrelazadas, y después Kyria continuó:

—Puedes tomar la iniciativa ahora si quieres... —Y justo cuando me sentía libre de hacerlo, y con más ganas que nunca, oímos unas voces que nos llamaban desde el jardín de la casa.

—¡Son nuestros padres, Nortem! hemos estado aquí fuera charlando casi dos horas, deben de estar preocupados.

—No creo —repuso Nortem con una pícara sonrisa—, o bien ellos tenían temas muy importantes de los que hablar o han decidido dejarnos más rato solos. Mi padre piensa que estamos en una fase de cortejo, o algo parecido.

—Sí, mis padres opinan lo mismo—repuso Kyria, sonriendo tímidamente al hablar.

—¿Y tú qué opinas de todo esto, Kyria? ¿Crees que te estoy cortejando?

En ese momento nos pusimos en marcha de vuelta a la casa y noté como Kyria se iba quedando en silencio poco a poco. Tímida, sin saber qué decir. Me gustaba hacerle reaccionar así, su carácter cambiaba por completo de la vivaz y pasional alegría, a la humilde timidez.

—Pues para serte sincera, Nórtem, me gustaría mucho que así fuera. Pero para que veas que no soy egoísta, esperaré a que seas tú el que dé el primer paso. Puedes tomar "la iniciativa" cuando quieras.

Y dicho esto, comenzó a reír y salió corriendo hacia la casa, mientras yo le seguía a un paso más relajado.

Capítulo 10

LO QUE NUNCA IMAGINÉ

Mi padre ya nos estaba mirando con cara de sorprendido cuando llegamos a la casa. Supongo que al vernos a Kyria y a mí tan contentos, no sabía bien qué esperar, pero le noté tranquilo al hablar cuando volvíamos a casa a lomos de Polt.

—¿Habéis pasado un buen rato Kyria y tú? —siempre era así de directo. Era fácil hablar con él.

—Pues la verdad es que sí, padre. Pero he de hablar contigo seriamente. He estado hablando con Kyria sobre muchas cosas y... —en ese momento llegábamos a casa y noté como Polt frenaba en seco, tirado por las riendas que Troiik llevaba.

—Entremos—me dijo seriamente, y yo no sabía si le había ofendido en algo o si él también tendría algo importante que contarme. Algo me decía que era lo segundo. Y casi nunca me equivocaba. Nada más entrar por la puerta nos dirigimos al salón y Troiik, sin más dilaciones, comenzó a hablar:

—Nortem, sé que lo que tienes que decirme es muy importante para ti pero debe esperar. Hay algo que corre más prisa, que nos apremia, y debes saberlo ya.

Ahora sí que estaba confuso, no tenía ni idea de qué iba a decirme. Pensé, por su reacción al llegar a casa, que había descubierto que yo le había contado todo a Kyria, pero por lo visto era algo peor. O esa era la impresión que daba.

—Te escucho —le dije asintiendo con la cabeza.

—Bien, porque lo que tengo que decirte no me resulta fácil, pero espero que lo entiendas pronto. A la larga, será de mucho beneficio para todos, incluso para ti.

Era algo positivo, al menos a la larga, y eso me relajaba bastante. Noté que mi padre iba a comenzar a hablar de nuevo, así que dejé de divagar en mis conjeturas y volví a concentrarme en sus palabras.

—Hemos estado hablando, los padres de Kyria y yo, sobre muchas cosas. Nortem, hay cosas que por precaución o sabiduría os han sido escondidas a ti y a Kyria, pero ya sois mayores para entenderlo, o al menos para saberlo.

Mi cara se debió volver pálida pues mi padre me colocó la mano en la frente y me preguntó si me encontraba bien. Y la verdad, no sé lo que vendría después pero algo mareado sí me estaba sintiendo.

—¿Recuerdas cuando te contamos tu tía y yo que tu madre era elfa? —Asentí de nuevo pero estaba tan descolocado que no sabía qué rumbo tomarían sus siguientes palabras.

—Se cree que hay más elfos en Torkiam que no huyeron a los bosques Kiar sino que se quedaron después del ataque de Vermella. Muchos hicieron su vida aquí, tal y como tu madre y yo intentamos hacer. Nortem, hay más elfos entre nosotros, aquí en Torkiam. Y llevan aquí muchos años. —Yo seguía asintiendo, pero con curiosidad por saber si habría algún dato más entre aquellas palabras de mi padre. No tardé mucho en descubrirlo.

—Nortem —dijo mi padre en un tono casi inaudible—. Los padres de Kyria... La madre... también es elfa. Kyria... —No supo seguir, y no hizo falta. Me puse en pie de un salto. Mi cara debía de reflejar una mezcla de emociones entre la confusión, el miedo y la alegría. La sensación de alegría apareció al entender aquellas últimas palabras de mi padre. Kyria era mitad humana, mitad elfa. Igual que yo. Y eso quería decir que volvíamos a estar a la misma altura respecto a la vida que nos había tocado vivir.

Antes de que pudiera seguir soñando, mi padre me tomó del brazo para que me sentara.

—Viendo que no te lo has tomado tan mal, quizá pueda seguir con mi historia—. Sé que sonrió conmigo, sé que lo hizo. No había nada mejor para mi padre que verme feliz. Pasó un buen rato explicándome porque esos otros elfos habían decidido quedarse también en Torkiam, y cuántos de los habitantes que yo conocía eran elfos. Luego continuó con su historia.

—Esta semana se cumplen veinte años desde aquella etapa, que para unos fue un tanto dolorosa pero que para otros ha funcionado muy bien. Las parejas elfo-humanas que contrajeron matrimonio hace veinte años han vivido ocultando ese secreto, y sus hijos e hijas desconocen su verdadera identidad. Parte de la profecía que ha de cumplirse justo esta semana trata de eso. Todos los menores de veinte años tienen que conocer su identidad natal. Y es urgente, pues habrá que entrenarlos para que podamos formar un ejército que luche contra Vermella y los suyos.

Erin, Romak y los demás elfos volverán dentro de dos noches para la gran ceremonia de talentos y todos debemos estar allí. Kyria estará a punto de descubrir quien es en realidad pero deben ser sus padres quienes hagan el trabajo, Nortem.

Me sentía mal, como si hubiera roto algún tipo de

regla contándole cosas a Kyria antes de tiempo... pero al menos sólo le había contado mi parte.

—¿Puedes hablarme más de la ceremonia de talentos, padre? —pregunté confuso.

—Tiene que ver con la profecía de Eak.

Aquella de la que te he hablado en alguna ocasión. Cada elfo o humano con sangre élfica recibirá un talento, algo así como un don por el que será marcado toda su vida, y que la profetisa Iranis concederá en persona. Sé que a partir de ahora, Nortem, irán saliendo muchos nombres nuevos y muchas situaciones desconocidas para ti, pero confío plenamente en que vayas entendiendo todo a su debido tiempo. Sé que serás capaz.

Quedaban menos de dos noches para que todo esto que mi padre me estaba contando aconteciera. Pero había dudas y curiosidades que venían a mi mente una y otra vez. Más bien curiosidades, pues me gustaba saberlo todo, y en aquellos días dudar era cosa de cobardes.

—Padre —comencé de nuevo a preguntar—, ¿qué pasará contigo? —Creo que Troiik no se esperaba esa pregunta.

—¿A qué te refieres, hijo? —preguntó él también confuso.

—Bueno, creo que es obvio que no estamos hechos de la misma "madera", y... tú siendo humano y yo un medio elfo... no sé, yo...

—Creo que sé a lo que te refieres, Nortem. La vida seguirá su curso y tendrás que aceptarla tal y como venga. No serás el único que tenga que perder a un ser querido. Piensa en Kyria, por ejemplo, en algún momento, también perderá a su padre...

Nunca me había parado a pensar en todo esto de la

vida y la muerte pero además, ahora tenía que meditar sobre aquellos que morirían y aquellos que vivirían eternamente. Inmortalidad. Esa palabra me abrumaba, aunque en cierto modo también me tranquilizaba pues significaba que, si Kyria también era una elfa, estaría con ella para siempre, pero el hecho de pensar en mi padre, y saber que su vida sí llegaría a un fin, aunque quedasen por lo menos cuarenta años más... eso me entristecía en gran manera.

—Hay opciones, ¿sabes? —mi padre continuó, y sus palabras por un momento sonaron como si fueran un hilo de esperanza.

—¿Qué quieres decir, padre? —le interrumpí.

—Al igual que en un momento dado tú y Kyria podréis elegir entre permanecer humanos o recibir la inmortalidad élfica, si yo contrajera de nuevo matrimonio con una elfa, y ambos decidimos que deseamos mi inmortalidad, la profeta Iranis puede ayudarnos, a través de Eak. Sería una cláusula que tendríamos que disponer delante de un consejo élfico, de la propia Iranis y de Eak, y entonces ya bastaría.

Pero tienen que pasar muchas cosas, y yo no quiero forzar nada. Asimismo no quiero forzarte a ti a permanecer como humano, si no es lo que quieres, o a convertirte en elfo, si así lo deseas.

Ahora su tono sonaba apagado y triste, y antes de que yo pudiera consolarle de alguna manera, siguió hablando:

—Tienes poco tiempo para pensar en ello, Nortem. En la ceremonia de talentos Iranis esperará una respuesta de cada uno de vosotros, y la tuya es importante, ya lo sabes. Tienes un papel muy importante en la profecía y en el hallazgo de la pulsera.

Como humano no tienes muchas alternativas frente a Vermella, pero debes ser tú quien escoja. Independientemente de lo que escojan Kyria o los demás, tú tienes que pensar en proteger al pueblo de Torkiam, o conservar tu amor para siempre. Sé que es difícil, pero piensa que en todo lo que emprendas, Eak estará de tu lado. No lo debes olvidar. Al final, eso es lo más importante, y es por lo que se debe regir tu vida.

De repente sentí que su fe hacia Eak cobraba más y más vida.

—Siempre he sabido que era importante rendir una adoración y respeto especial a Eak, pero la manera en que mi padre hablaba ahora sobre Él me hacía pensar en lo importante que era Eak a nuestro alrededor. Y de alguna forma misteriosa eso me reconfortaba y me tranquilizaba mucho. Era como una extraña medicina.

Tenía curiosidad por saber si me vería cara a cara algún día con el mismísimo Eak...

—¿Crees que Kyria ya sabe todo? —pregunté cambiando de tema.

—Es muy probable —contestó mi padre seriamente—. Pero es muy importante que durante estos casi dos días que quedan hasta la ceremonia te mantengas al margen, Nortem. No debes interferir en sus decisiones. Ella debe elegir su camino, y esta elección tiene que ver con que cada uno encuentre la causa, una causa justa, por la cual tomar dicha decisión, sin intermediarios. Al igual que tú, ella tendrá dudas, y tendrá que resolverlas ella sola.

No te preocupes, sus padres le guiarán y aconsejarán si es necesario.

—Pero, ¿Y si cada uno elige justo lo contrario a lo

que elija el otro? —noté que me entraba una rabieta como si fuera un niño pequeño, pero es que, al menos en parte, así me sentía, como un niño pequeño.

—Eso sólo lo sabe Eak, hijo. Pero Él conoce los deseos de nuestro corazón y sabe lo que es mejor para cada uno.

Esas palabras debían darme paz pero mi rabieta interior continuaba. Sé que no estaba bien, pero así me sentía.

De todos modos, mi padre tenía razón. Cada uno tenía que pensar con claridad y elegir la opción más acertada conforme a su situación actual.

Para mí era un poco distinto, estaba destinado a una misión concreta de búsqueda y protección, y realmente tenía que sacrificarme por mi pueblo, Torkiam.

Eran muchos los que se perderían si yo no hacía algo. Y realmente no podía hacer nada contra Vermella y los suyos en mi forma y mente humanas. Así que yo no tenía otra opción. Elegiría convertirme en un elfo y salvar a mi pueblo de la destrucción.

Capítulo 11

EL SECUESTRO

Aquella mañana me desperté con una sensación de vacío en el cuerpo y con un peso muy extraño sobre los hombros.

Posiblemente se debiera a que no había cenado la noche anterior. El caso es que había dormido bien, pero cuando el ruido de los animales entró por las grietas de la ventana de madera, me sobresalté y todo ese cúmulo de sensaciones comenzó a resurgir en mí.

Iba a ser un día muy largo, lo percibía. Yo no era de enfadarme mucho pero creo que aquel día resultaría mucho más fácil si no me cruzaba con nadie. Mis nervios estaban tan a flor de piel que posiblemente la gente se daría cuenta de mi irritación, y la verdad, yo no quería herir los sentimientos de nadie. No tenía mucha idea de qué era realmente lo que tenía que hacer, me habían dejado un poco a mi suerte, y se que estaría así hasta la mismísima ceremonia. Me vestí rápidamente poniéndome la misma ropa que llevaba el día anterior. Me lavé un poco la cara para acabar de desperezarme pero no me preocupé mucho por peinarme. Me gustaba mi pelo así, despeinado y con cada punta mirando hacia un lado distinto.

Bajé las escaleras apresuradamente y me dirigí a la cocina para beber algo de leche y comer un trozo de pan. La casa estaba desierta. Ni un solo ruido. Sólo se podía oír a las gallinas que parloteaban alegres en el corral y el agudo relinche de Polt en el establo. Me bebí el cuenco de leche de un sorbo, cogí un pedrusco de pan y me senté en el poyo de la ventana de la cocina con las piernas colgando hacia fuera. Hacía un día espléndido. El sol debía brillar con más fuerza que nunca pues podía sentirlo en la cara.   Al menos, pasara lo que pasara, recordaría aquel día como un día maravillosamente cálido.

Mi padre me había dado algunas instrucciones la noche anterior, antes de acostarse, sobre lo que acontecería al día siguiente:

"Nortem, mañana tengo que ir a Torkiam a hacer unos recados y después tendré que ir a los bosques Qua, donde tendrá lugar la ceremonia, para ultimar los preparativos con algunos de los demás padres. Te veré a la noche. Romak pasará a recogerte cuando haya caído el sol. Estáte listo para entonces y ponte tus mejores galas. Te dejaré todo listo en mi cuarto, encima de mi cama. No te preocupes y confía en Eak..."

—"No te preocupes y confía en Eak"—. Qué fácil era decir eso cuando sabías a qué atenerte—, estaba casi tan confundido como asustado—. Así que, ahora además de no tener ni idea de qué hacer durante todo este día, lo voy a tener que pasar solo. Muy bien   —dije tumbándome en el sofá marrón de la galería.
"Pues no pienso hacer nada de nada. Me voy a quedar aquí tumbado viendo como pasan las horas, hasta que llegue la hora de prepararme para "La gran ceremonia de talentos".

Empezaba a sonar un poco sarcástico y eso no me gustaba pues me hacía parecer aún más asustado de lo que en realidad estaba. Después de tanto deambular por mis pensamientos debí quedarme dormido, pero no por mucho rato pues cuando me desperté todavía notaba el sol fuerte y brillante del mediodía calentar la estancia.

—Vaya, sin tener nada que hacer el tiempo pasa mucho más lento de lo que me imaginaba... tendré que buscar algún tipo de pasatiempo o me van a salir telarañas de estar aquí tumbado todo el día.— Me puse en pie pero una vez más, no tenía ni idea de qué hacer. Un pensamiento despreocupado inundó de repente mi mente.

—Podía ir a ver a Kyria, hablar con ella y comprobar si está tan asustada y confundida como yo...

Pero no estaría bien. Mi padre me había dicho que era mejor que no fuera a ver a Kyria hasta la ceremonia. Sus propios padres le estarían escondiendo de cualquier visita, al igual que a mi me retenían aquí, solo. Decidí salir a montar a lomos de Polt. Cabalgar sin preocuparme de nada, tomar un poco de aire fresco. Disfrutar de la naturaleza me hacía desconectar por completo de todo lo demás. Eso me ayudaría a distraerme y pasar el tiempo entretenido.

Después de pasar un largo rato cabalgando decidí volver a casa a comer algo. Estaba muy hambriento y como tampoco sabía hasta qué hora duraría la dichosa ceremonia, mejor sería ir con el estómago lleno y con buen ánimo. Comí algo de carne asada y unas patatas que mi padre había dejado para que comiera. Cogí la última hogaza de pan que quedaba en la despensa y cuando tuve todo listo me senté en el jardín mientras las gallinas se acercaban a comer también de mi plato. La verdad, por mucho que lo intenté, casi no pude comer. Se lo comieron casi todo ellas. Se me había cerrado el estómago por completo. Me obligué a mí mismo a tomar algún que otro bocado, para coger fuerzas, pero no tardé mucho en dejarlo.

Finalmente, y después de una larga tarde, comenzó a caer el sol, poco a poco, dejando paso a un cielo algo más oscuro.

—¡Romak debe de estar al caer! será mejor que me apresure a cambiarme de ropa y asearme un poco.

Recordé las instrucciones que mi padre me había dado la noche anterior y subí deprisa a su cuarto, donde con mucho cuidado pude encontrar las ropas que había de ponerme para la ceremonia. Palpando aquellas telas como pude, conseguí encontrar la camisa blanca, los pantalones grises, el jubón de color verde Esmeralda y las botas marrones. Aquel era el típico atuendo que mi padre decía que sólo se utilizaba en ocasiones especiales. Y esta era una de esas ocasiones. Ya lo creo que lo era.

Me vestí tan rápido como me fue posible y me dirigí al baño donde esta vez, además de lavarme la cara, tuve que hacer un esfuerzo por arreglarme algo el pelo. No entendía por qué tenía que peinarme de otra forma pero hice caso a mi padre y me alisé con las manos, y un poco de agua, algunas de las puntas desordenadas de mi cabello, hasta que conseguí un aspecto un poco más elegante. Al menos al tacto ya no parecía tan despeinado. En el momento en el que terminaba de peinarme escuché unos golpes en la puerta de entrada a la casa y la voz socarrona de mi tío Romak saludando, aunque también le noté algo misterioso.

—¡Nortem, muchacho! ¿estás listo? ¡Tenemos que irnos!

Yo ya estaba bajando las escaleras y aunque no le podía ver, sabía que se estaba riendo de mí pues se había quedado en silencio.

—Ya estoy listo, tío Romak. Podemos irnos.

—Vaya, Nortem —contestó él—, sí que te has

puesto guapo para la ceremonia.

Seguro que tu padre te ha ayudado en esto... ¿eh?, quiere verte con tus mejores atuendos. Estás irreconocible. Tu madre estaría orgullosa de...

—Sí, ya lo sé —repuse bruscamente.

No me gustaba ponerme sentimental, y mucho menos a escasos momentos de la ceremonia. Quería estar concentrado, por lo menos para intentar que nada me pillase por sorpresa.

—Bueno, pues en marcha entonces —me dijo mi tío mientras me cogía del brazo para llevarme hacia la puerta.

—Y dime, Nortem. En confianza, entre tú y yo, ¿Puedo saber qué destino has escogido?

Yo quería aludir por encima de todo ese tema pues al fin y al cabo, era en lo que se iba a basar toda la ceremonia, así que me quedé en silencio unos segundos y esperé a ver si la conversación tomaba otro rumbo. Al ver que no decía nada, Romak continuó hablando.

—¡Vamos, muchacho! será nuestro secreto, no se lo diré a nadie. Total, lo vas a hacer público igualmente dentro de unas horas...

—Por eso mismo deberías esperar. No sé a qué viene tanta curiosidad, tío Romak. No es propio de ti...

De repente la risa juguetona de mi tío se tornó oscura y sombría, dando paso a una risa maléfica y grave. Sentí como me agarraba las muñecas y me apretaba con mucha fuerza, tanta que me hizo soltar un grito de dolor. Su voz fue cambiando hasta transformarse en la de una mujer.
Una mujer que jamás había visto pero cuya voz reconocía perfectamente...

—¡Vermella!

—¡Exacto! —y soltó una carcajada que resonó por toda la casa—. Ya era hora de que nos encontráramos cara a cara tú y yo, muchacho harapiento. Lástima que tú no puedas ver mi rostro...

Y continuó riendo aún más alto, esta vez acompañada de otras risas maléficas. Había traído a sus asquerosos monstruos. Podía oír a unos cuatro o cinco Zutaks. Estaba atrapado, algo había salido mal y Romak no había podido acudir a mi encuentro. Traté de no perder la calma pero fue entonces cuando noté que uno de esos seres me cogía por los hombros y me sacaba de casa. Escuché a Vermella dar órdenes a los otros para que registraran la casa y a mí me subieron a lomos de un caballo y me llevaron lejos de allí.

Después de cabalgar un buen rato a un ritmo desmesurado, frenamos en seco y me caí del caballo. Fui a parar a un charco de fango y me calé hasta los huesos. Hacía frío en aquel nuevo lugar, notaba una humedad muy intensa y empezaba a tener hambre de nuevo.

No sé dónde me encontraba pero no debía parecerse en nada al lugar donde debería estar a esas horas. En ese momento, alguien con voz ronca, un Zutak, supuse, me cogió por la chaqueta y me levantó en el aire.

—¡Tú! ¡Ponte en pie y camina! ¡Vamos! —pero volví a tropezarme con el barro y caí de nuevo, esta vez de cara, directo al charco.

—¡Estúpido! ¡No puedo ver! ¿Es que no te has dado cuenta aún?

Me armé de valor para defenderme y gritarle pero antes de que pudiera hacer nada más noté un golpe seco sobre mi cabeza y un hilo de sangre bajando por mi frente, y a los pocos segundos por mi mejilla derecha.

Perdí el conocimiento.

Capítulo 12

LA CEREMONIA DE TALENTOS

—Ya es casi la hora y Nortem no aparece —dijo Troiik nervioso—. ¿Dónde se habrá metido este muchacho? seguro que Romak tiene algo que ver en todo esto. Se habrá despistado con alguna otra cosa...

En ese momento, y mientras todo el mundo estaba corriendo de un sitio para otro ultimando los preparativos de la ceremonia, se oyó a alguien que venía a toda prisa, cabalgando como si le fuera la vida en ello.

—¡Es Romak! —gritó Troiik corriendo hacia él.

—¿Qué ha pasado? ¿Dónde está Nortem? Deberías haber venido con él...

Romak, que traía cara de pocos amigos, frenó el caballo en seco y se bajó a toda prisa. La gente se lo quedó mirando con una mezcla de confusión y miedo. Romak se percató al instante, se dirigió a Troiik y, cogiéndole del brazo como dándole un tirón, lo apartó a un lado donde la gente que allí se agolpaba no pudiera oírles, y le dijo:

—No estaba en la casa.

—¿Qué quieres decir? —preguntó Troiik algo confuso.

—Lo que oyes, Troiik. Llegué a la casa y Nortem no estaba. Y lo que es peor, la puerta estaba abierta y toda la casa ha sido registrada. Han dejado vuestras pertenencias intactas pero se nota que han estado registrando la casa de arriba a abajo.

—Pero —Troiik comenzó a levantar la voz, ahora

algo enfadado—. ¡Tú tenías que haberle recogido a tiempo! ¡Esto no hubiera pasado si...!

—Tranquilízate Troiik —le dijo su cuñado—. Aún no sabemos nada y desconocemos su paradero. Será mejor que nos calmemos, pues la gente se está incomodando un poco.

—¿Y qué se supone que debemos hacer?

—Para empezar, Troiik, vamos a reunirnos con los demás. La ceremonia está a punto de empezar.

—¡No! —gritó Troiik—. Iremos a ver a Erin que está allí mismo y ella podrá ver el paradero de Nortem, o al menos averiguar algo con sus dotes.

Troiik agarró con mucho disimulo el brazo de Romak y tiró de él hasta llegar a una pequeña pero amplia choza, hecha en el interior de un gran tronco de árbol. La entrada estaba cerrada al público y estaba tapada con unas telas élficas de color plateado y azul celeste. Troiik corrió aquella cortina sin apenas avisar de su llegada, y Erin, al verle de repente, le echó una mirada furtiva y le ordenó con un gesto rápido de la mano que saliera de la choza.

Troiik obedeció y se retiró un poco del árbol mientras esperaba a que Erin saliera. Cuando esta salió, su cara reflejaba todavía algo de enfado aunque también tristeza.

—No debiste entrar en el habitáculo de la profetisa, Troiik. Has podido interrumpir sus meditaciones.

—¿Esa que estaba de espaldas era Iranis? ¿La profetisa Iranis? —preguntó Troiik, curioso.

—Sí, Troiik, era ella. Está terminando de prepararse para la ceremonia. Ha sentido la presencia de

Eak muy cerca y según ella, este quería decirle algo, en privado.

Troiik y Romak se miraron sorprendidos y Erin puso la misma cara de confusión que ellos.

—¿De qué se trata? ¿a qué vienen esas caras tan largas? —les preguntó la elfa presionando para que le contestaran.

—Nortem ha desaparecido—comenzó a decir Romak. Erin se lo quedó mirando fijamente y después posó su mirada en Troiik, que le miraba a su vez con el rostro nervioso y asustado.

—Explícate, Romak —exigió Erin.

—Verás Erin, yo tenía que ir a recoger a Nortem a su casa cuando comenzara a anochecer. He salido de casa con el tiempo suficiente pero a mitad de camino Talo se ha clavado una astilla en la herradura y he tenido que parar para curarlo.

La herida era pequeña pero profunda así que me ha llevado un rato curarlo.

Cuando por fin he llegado a la casa ya no había nadie, la puerta estaba abierta y la casa.... bueno, tenía toda la pinta de que habían estado registrándola.

Erin no podía creer lo que estaba escuchando, al instante se dio la vuelta, dándoles la espalda y se dirigió de nuevo al habitáculo de Iranis.

A los pocos minutos, la profetisa Iranis salió de la choza escoltada por Erin y se dirigió hacia Troiik y Romak. Troiik estaba muy nervioso, no dejaba de pasarse las manos por el pelo una y otra vez. Erin le miró fijamente y le hizo un gesto cariñoso para que se tranquilizara. Troiik bajó los brazos y se sentó sobre la hierba.

Romak, y después Erin, hicieron lo mismo. La profetisa Iranis se sentó sobre una roca que había ahí mismo, quedando en una posición más alta que ellos.

Iranis era una mujer de mediana edad, dentro del rango de edades de las mujeres élficas. Era bella, de cabello castaño, piel casi tan blanca e inmaculada como la de Erin, y unos ojos verdes grandes y alargados.

Era descendiente de otras elfas profetisas, ya que el legado de la profecía se transmitía de madres a hijas. Alzó la vista al cielo por un instante y después se dirigió con la mirada a Troiik.

—¿Qué te trae tanta carga, mi fiel amigo? —su voz sonaba dulce, como la corriente de un riachuelo. Troiik le miró y contestó:

—Mi hijo ha desaparecido, mi fiel señora. Debía estar hoy aquí, en la ceremonia, pero tememos que alguien lo haya secuestrado.

La cara de Iranis se llenó de furia y apretó sus manos contra la roca donde se hallaba sentada, al momento recuperó la compostura y dijo:

—Erin, querida, ve y trae "El visionador".

La elfa se levantó y apresuró de nuevo a la choza, de donde salió escasos segundos después con una especie de esfera redonda acristalada, que brillaba intensamente al contacto con la luna. Erin depositó la esfera con mucho cuidado sobre las palmas de las manos de Iranis, que yacían abiertas e inmóviles. En cuanto esta estuvo en posesión de la esfera, la levantó en alto para que la luz de la luna pudiera penetrar en ella fácilmente y después de unos minutos, la esfera empezó a reflejar imágenes que iban y venían a gran velocidad. De repente la esfera refulgió con un brillo inesperado, por lo que Troiik, Romak y Erin tuvieron que cerrar los ojos. Acto seguido la esfera volvió a su color transparente habitual. Iranis se puso en pie, a lo que los otros tres respondieron con el mismo gesto y la elfa profetisa comenzó a hablar:

—Tenemos que continuar con la ceremonia de talentos. Hay muchas vidas en juego y no podemos perder más tiempo.

—Pero, ¿Y qué pasa con mi hijo?— gritó enfurecido Troiik. Erin lo miró asombrada, pues nadie estaba autorizado a levantar la voz a Iranis, y mucho menos un humano. Iranis se percató de la reacción de Erin y levantó la mano para tranquilizarle, pues sintió compasión por aquel pobre humano asustado.

—Nortem. Así es como se llama tu hijo, ¿verdad? Troiik asintió cabizbajo y la elfa continuó:

—La esfera me ha mostrado que Vermella está detrás de todo esto. Ella y los Zutaks tienen preso a tu hijo pero él está en perfecto estado. Sólo quieren retrasar la ceremonia y que se pierda el destino de todos estos muchachos y muchachas, incluido el del propio Nortem.

Troiik no dejaba de moverse nervioso, pero escuchaba atentamente las palabras de aquella sabia mujer.

—Por eso, Troiik, es necesario que la ceremonia continúe y llegue a su fin.

Necesitamos formar y entrenar a un ejército de jóvenes, hombres y mujeres, bien sean elfos o humanos, con la mayor brevedad posible para que luchen contra Vermella y los suyos.

Troiik se le quedó mirando fijamente, una vez más

aturdido por el significado de sus palabras, y decidió hacer caso de lo que le decía aquella mujer. Había tal paz en su corazón, que podía admitir con toda seguridad que Eak estaba al tanto y en control de toda la situación.

—Las fuerzas físicas pueden fallar —comenzó a decir Iranis de repente—, pero aquellos que han puesto su confianza en Eak, jamás serán abandonados a su suerte. Solamente cree y confía.

Troiik asintió con la cabeza, y como una pequeña muestra de respeto y devoción a la profetisa, le siguió, junto con Romak y Erin, hacia el centro del bosque Qua, donde la gente se agolpaba alrededor de los árboles, allí donde tendría lugar la ceremonia. Justo en medio de aquellos enormes árboles se había colocado un trono de plata y algunas hojas del árbol de la vida, especie muy típica que crecía en aquel bosque.

El trono estaba diseñado para Iranis, y sólo ella podía sentarse en ese trono. La gente se situaba poco a poco en el suave musgo que cubría el suelo de aquel inmenso bosque e iban bajando el volumen de sus voces, a medida que Iranis se iba acercando al trono. Una vez se hubo sentado, todos allí hicieron una reverencia dedicada a la profetisa, y acto seguido, un coro compuesto por dos docenas de elfos y elfas, comenzó a cantar. Sus voces entonaban una melodía perfecta.

Todas las voces estaban afinadas y aquellos seres lucían unas vestimentas blancas tan brillantes que les daban un aspecto aún más pulcro. Troiik y Romak se habían sentado entre la gente, allí acomodados sobre el musgo y entre aquellos árboles tan lustrosos. Tan pronto como Troiik se giró para divisar a toda aquella gente allí reunida, padres e hijos, madres e hijas, elfos y humanos... no pudo contenerse y su cara mostró la más triste de las expresiones al recordar que Nortem no se encontraba allí con él.

De repente divisó a Kyria. Estaba sentada con sus padres dos filas más atrás que él y Romak. Kyria estaba contenta, se le veía segura y confiada, y sobre todas las cosas, muy alegre. Ella también divisó a Troiik y ambos intercambiaron una breve sonrisa. Pero Troiik ya había visto la cara curiosa de Kyria buscando a Nortem, así que se giró rápidamente para no tener que enfrentarse a la pregunta, y se volvió a concentrar en aquella magnífica coral.

—¡Habitantes de Torkiam! —levantó su voz en ese momento la profetisa Iranis—.
¡Sed bienvenidos a la ceremonia de talentos!

Todos los allí presentes aplaudieron y dieron gritos de júbilo, aunque no tardaron en guardar silencio de nuevo, al ver a Erin, que se encontraba a la derecha de Iranis, haciendo un gesto con la mano para que esta pudiera continuar con su discurso.

—Como bien sabéis —prosiguió Iranis—, hoy se cumple la fecha de la profecía en la que vuestros hijos e hijas de veinte años de edad entregarán sus vidas al destino de Eak. No importa si deciden permanecer humanos o acceder a la inmortalidad élfica, todos ellos tienen una parte importante que jugar en el futuro de Torkiam. Cada uno de vuestros hijos e hijas ha sido informado, con la suficiente antelación, de lo que la ceremonia supone para sus vidas y del cambio que supondrá para cada uno de ellos el tomar una decisión u otra. Hemos convivido durante muchos años con los humanos, y el trato ha sido siempre honesto y bueno. No tenemos queja alguna y es por eso que respetaremos cualquier decisión que se haga hoy aquí. No obstante, y a pesar de algunos infortunios ocurridos durante el día de hoy, debemos continuar con la ceremonia.

Erin miró a Troiik con una mirada que infundía paz y tranquilidad. Troiik no sabía cómo responder a esa mirada pero sintió que esa paz era imperturbable y que tarde o temprano volvería a ver a Nortem, sano y salvo. Cuando Iranis terminó su discurso ordenó a todos los jóvenes que estaban allí sentados que se pusieran de pie, y los hizo acercarse al frente, uno a uno.

Un conjunto de sabios elfos, y la propia Iranis, rodeaban uno por uno a aquellos muchachos y muchachas, e imponiendo las manos sobre ellos, les asignaban un talento que les acompañaría por el resto de sus días. Todos y cada uno de los jóvenes de veinte años de edad, de toda la región de Torkiam, estaban allí de pie, recibiendo gustosamente los diversos talentos que allí se repartían. Algunos eran bendecidos con el talento de cantar, otros de interpretar sueños, otros de crear, otros de curar heridas, otros de leer mentes, etc.

Todos allí recibieron su talento aquella noche. Todos menos Nortem. Después de que cada joven recibiera su talento, Iranis ordenó que se pusieran de nuevo todos en pie y les habló diciendo:

—He aquí que todos vosotros hoy presentes, y vuestros padres son testigos de ello, habéis recibido un talento sobrenatural concedido por el propio Eak, y para uso honrado y servicial, tanto a Eak, como a vuestros prójimos, sean quienes sean. Ahora procederemos a la segunda parte de la ceremonia. ¡Prestad atención, habitantes de Torkiam!, porque lo que sucederá a continuación cambiará el curso de vuestras vidas. Es ahora cuando tomáis el paso de convertíos en uno de nosotros, criaturas celestiales creadas por Eak y con fines mucho más específicos y poderosos, o por el contrario, continuar como humanos, humildes y trabajadores, si así lo deseáis. Debéis saber que la Inmortalidad no es para todo el mundo y que sólo los más valientes y con una fe ciega en su destino, serán capaces de sobrevivir a las artimañas y fechorías de Vermella y los suyos.

No se obligará a nadie a elegir su destino, pero ahora se os presenta una oportunidad entre un millón, de acceder a una vida nueva, a una dimensión jamás conocida por vosotros, donde la paz y el miedo no coexistirán nunca jamás.

Por favor, que den un paso al frente aquellos que esta noche estrellada de luna plateada renuncian a su identidad humana y aceptan la inmortalidad élfica.

No se oía ningún ruido. La gente permanecía quieta, pensativa. Algunos reflejaban en sus ojos la seguridad y la confianza que hacían falta para tomar una decisión así. A otros, por el contrario... les vencía el miedo.

De repente la gente comenzó a ponerse en pie, y todos iban dándose abrazos, se despedían de sus padres o madres, y se iban acercando al frente, algunos incluso se volvían a sentar. Troiik se puso en pie para apartarse a un lado y dejar así más sitio para aquellos jóvenes, pero justo cuando iba a moverse, Kyria se acercó a toda prisa y le preguntó:

—¿Qué es lo que pasa Troiik? ¿Dónde está Nortem? ¿Por qué no ha recibido su talento? ¿Está enfermo? ¿Ha huido de todo esto?

Troiik no pudo contenerse más y, rompiendo a llorar, intentó contestar a aquella chiquilla nerviosa.

—No lo sé, Kyria. No... no sabemos dónde está. Creemos que ha sido secuestrado por Vermella y sus asquerosos Zutaks.

Kyria se llevó una mano a la boca para no romper a llorar también, cuando comprendió que su reacción no ayudaría en nada al bueno de Troiik.

—¿Has hablado con Iranis sobre esto, Troiik? Ella... quizá ella pueda hacer algo.

—Ha sido ella quien ha divisado en su esfera cristalina el paradero de Nortem, y dice que estaba sano y salvo. Dormía... eso es todo. Yo... mira Kyria, será mejor que no pierdas más tiempo. Ve y toma tu decisión, sea cual sea...

Kyria iba viendo cómo una fila de gente avanzaba hacia delante, y aquellos que elegían convertirse en elfos se quedaban a la izquierda, y los que aceptaban continuar como humanos se apartaban hacia la derecha.

—Troiik, yo... —dijo Kyria con la voz entrecortada y mirando hacia atrás en dirección a la larga fila de gente—.
¡Tienes que decirme cuál iba a ser la decisión de Nortem, por favor! ¡Tienes que hacerlo!

—Kyria —contestó tristemente Troiik—. Lamento decirte que eso era algo privado que Nortem no me desveló. Además ya sabes que había ciertas normas y que ni os podíais ver ni hablar sobre el tema. Tienes que pensar con la cabeza Kyria, tienes que decidir por ti misma. Nortem quizá no tenga esa oportunidad...

Los padres de Kyria le vieron desde lejos y comenzaron a hacerle señas para que se dirigiera hacia la fila.

—Tus padres saben lo que vas a elegir, ¿verdad Kyria?

—Sí, ellos me han aconsejado bastante. Estaba muerta de miedo y me han ayudado mucho.

—Pues adelante, no pierdas más tiempo. Es tu momento, Kyria.

—Pero, Troiik ¿Cómo sabré si...?

—Confía en Eak. El conoce más que nadie los deseos de tu corazón...

Y dedicándole una pequeña sonrisa, Troiik se fue alejando hasta unos árboles que quedaban más atrás para poder contemplar aquella escena desde un lugar más privado y tranquilo. Kyria respiró hondo y, saludando a sus padres con la mano, se encaminó hacia aquella fila de jóvenes dispuestos a elegir un futuro. Justo al llegar al frente, Iranis le miró fijamente y extendió las manos a ambos lados dándole a entender que tenía que escoger una dirección. Kyria cerró los ojos. No sabía qué otra cosa podía hacer. Tenía muchas voces en su cabeza. Sus padres, Troiik, Nortem, sus amigos...

Fue en ese momento cuando tuvo una imagen bien clara de lo que tenía que hacer.

—*¿Kyria? ¿Puedes oírme querida?*

—¿Quién... quién eres? —respondió ella ante aquella voz profunda que ahora inundaba toda su mente.

—*¡NO! no abras los ojos aún. Escúchame atentamente. He oído tu clamor, que venía desde lo más profundo de tu corazón. Conozco tus intenciones, hija. Y son buenas. Me agradan. Debes ser fuerte, pues las tormentas serán aún más intensas antes de desaparecer del todo. No debes temer, te he bendecido esta noche con un talento sobrenatural. Un don muy especial con el que serás capaz de sanar heridas, heridas que no son físicas, sino espirituales.*

Ahora escúchame bien. Sé que tienes muchas preguntas que

154

hacerme, y créeme, las tengo todas guardadas. No me he olvidado de ti, Kyria. Simplemente esfuérzate. Tu tiempo no es el mío, pero si crees, todo llegará...

En ese momento Kyria notó que alguien le zarandeaba por los hombros y se despertó. Iranis le tenía cogida fuertemente por los hombros, y le miraba fijamente. Kyria entró en razón y notó cómo Iranis le sonreía y le preguntaba:

—¿Le has visto? ¿Era Él?

Kyria asintió, con algo más de tranquilidad en su interior y acto seguido, sin pensárselo dos veces, se encaminó hacia la izquierda...

Capítulo 13

ENCERRADO

Me dolía tanto la cabeza que apenas podía pensar con claridad. ¿Qué sitio tan oscuro y maloliente era este en el que me habían metido aquellos seres monstruosos? Estaba todo arenoso y húmedo. El terreno era irregular y aunque no podía ver absolutamente nada, escuchaba el eco de unas voces a lo lejos, aunque tampoco entendía bien lo que decían. Hablaban en un idioma extraño para mí.

Me dolía cada hueso de la espalda debido a la infinidad de posturas incómodas que había tenido que adoptar para poder conciliar el sueño. Se oyeron pasos. Alguien se acercaba. Cuando ese "alguien" estuvo justo a mi lado, me incorporé y me alejé hasta tocar la pared con la espalda, en realidad era un muro rocoso que me sirvió de apoyo.

—¡Tú! acerca tu insípido brazo hacia la portezuela, te he traído algo de comida. ¡Vamos, apresúrate! ¡No tengo todo el día!

No tenía ni idea de qué pinta tenían aquellos seres pero recordaba que Romak, en alguna ocasión, me había comentado que no eran muy agradables de ver y que a ellos tampoco les hacía mucha gracia el hecho de que se les mirase a los ojos fijamente. Bueno, ese no iba a ser mi problema. Me dirigí a tientas hacia la portezuela de aquella horrible cueva y extendí el brazo con la mano abierta, dispuesto a recibir lo que fuera que ese Zutak tenía que darme. Al fin y al cabo, estaba muerto de hambre. Al momento, el Zutak me asió por la muñeca fuertemente y colocó un cuenco con sopa caliente y una cuchara de madera, y después me lanzó un pedazo de pan a la cara. Eso me hizo algo de daño. Me había pillado desprevenido. Al menos podía haberme avisado, ¿no?

—¡Muchas gracias por la cortesía! —le grité mientras me retiraba de nuevo a mi pared rugosa y húmeda.

—¡No me las des a mí, humano idiota!, ¡Si no fuera por ella, te habríamos descuartizado hace ya rato...!

Y con esas horribles declaraciones se alejó haciendo temblar las cavidades de aquel lugar con sus pisadas atronadoras.

No tenía ni idea de cuánto medía aquel monstruo pero el ruido que hacía al caminar era algo aterrador. En vez de seguir pensando en aquel ser, que lo único que hacía era ponerme más nervioso, decidí atacar la comida antes de que se me quedara fría. Partí aquel pedazo de pan (algo duro ya) en trozos pequeños y los puse en la sopa.

Acto seguido levanté el cuenco en alto y le di las gracias a Eak por haberme mantenido sano y salvo en aquel lugar, y por la porción de comida que podía disfrutar en aquel momento.

Comí rápido, y si hubiera tenido algo más de confianza con aquellas gentes, habría pedido un segundo plato. Pero las últimas palabras de aquel Zutak habían dejado claro que no le caía en gracia. Opción descartada.

No había terminado de llevarme la última cucharada de sopa a la boca cuando unos nuevos pasos, esta vez algo menos ruidosos y más elegantes, avanzaron hacia mí con gran rapidez. Me acerqué de nuevo a la portezuela. Quizá era el postre, o quizá alguien venía a sacarme, o puede que...

—Nortem, ¡en pie! —gritó una voz femenina algo oscura y acto seguido escuché cómo se giraba y se ponía a caminar de nuevo en la dirección contraria.

Al segundo de dar la orden yo ya estaba en pie y escuché más pasos de esos atronadores, y unos candados que se abrían en mi portezuela. Me quedé quieto, palpando con mis manos la salida para no tropezar con nada. Dos de esos Zutaks me cogieron en volandas y me arrastraron por un pasillo oscuro y largo, hasta unas escaleras de caracol que subían al menos unos treinta metros hacia arriba. Después caminamos un poco más y sentí como penetraba algo más de luz a través de mis párpados, pero tampoco parecía luz natural. Quizá eran unas antorchas encendidas, o velas...

—¡Sentadle en esa silla! —ordenó aquella voz. Ahora no me cabía duda de que era Vermella en persona.

Me depositaron de mala manera en una silla ancha y algo mullida. Lo mejor que me habían ofrecido hasta ahora. Tenía la impresión de estar en una sala más amplia, diáfana, y el olor no era para nada desagradable, al contrario, el olor que allí se percibía era de incienso humeante, algo así como madreselva o sándalo. No estaba del todo mal. Me agradaba saber que alguno de mis sentidos funcionaba correctamente. Oí que colocaban una silla justo en frente de la mía.

Hicieron mucho ruido al depositarla en el suelo así que pude deducir que era pesada, y hecha de materiales aún más valiosos que la que me habían ofrecido a mí. Vermella se sentó en aquella silla.

—¿Qué tal has pasado la noche, querido Nortem?
—Noté cómo aquella mujer se acercaba y colocaba una de sus frías y suaves manos sobre mi mejilla. Retiré el rostro en seguida, en un acto reflejo.

—Vaya, vaya. No eres muy agradecido, por lo que veo...

—¡Lo único que agradeceré será el momento en el que salga de tus garras y de este horrible lugar! —me apresuré a decir, bastante enfadado. Ella rió con una fuerte carcajada y continuó:

—De nada te va a servir ponerte así, Nortem. Y créeme, no tienes muchas opciones así que empieza por ablandar ese carácter, o reserva tu ira para ponerla a mi servicio.— Y acto seguido, me propinó una bofetada que resonó por toda la sala.

Aquellos Zutaks rompieron a reír junto a ella y yo sentí todavía más dolor y más odio hacia aquella mujer, aquellos seres y aquel lugar. Guardé la compostura, porque supuse que ella quería verme fuera de mis casillas, y no le concedí su deseo.

—Te diré lo que voy a hacer, muchacho insolente—. Vermella se había puesto de pie y ahora se hallaba paseando alrededor de mi silla, tocando mi cabello como si de una madre tierna y alegre se tratara:

—Te voy a dar un lugar más apropiado para tu estancia aquí. Una habitación de invitados en toda regla. Tendrás una cama grande y muy cómoda. Un lugar donde poder asearte, ropa nueva y limpia, y suficiente comida para que no pases hambre. Es más, tendrás el privilegio de comer conmigo cada día en la gran mesa.

Los dos Zutaks emitieron un gruñido como de queja, pues a ellos nunca les dejaba comer en la gran mesa. Yo escuchaba atentamente, y aunque no deseaba nada de aquella mujer, no era tonto, y pensé en todas las posibles maneras de aprovecharme y que mi estancia allí no fuera tan desagradable.

—Está bien, acepto. Lo que sea con tal de poder salir de esa horrible cueva en la que me tienes metido.
Vermella chasqueó los dedos y sus Zutaks volvieron a cogerme en volandas para llevarme a mis nuevos y mejorados aposentos.

—¡Soltadle, estúpidos! —gritó de repente aquella mujer—. Dejadle en el suelo, nuestro invitado sabe caminar y estará más cómodo con un mejor trato por vuestra parte.

Los dos Zutaks gruñeron de nuevo ante el repentino cambio en el trato que Vermella me estaba dando. Me condujeron hacia mi nuevo habitáculo y una vez hube entrado, cerraron la puerta con llave y me dejaron allí solo.

Después de tantear a mi alrededor comprobé que no había ventanas por ninguna parte, aquella habitación era desmesuradamente grande comparada con la diminuta cueva en la que había estado metido la primera noche. Supuse entonces que aún no me hallaba en la superficie, y que este sería algún tipo de escondite para Vermella y los suyos. Eso, o quizá ella vivía en un gran palacio, tan oscuro como ella misma, y esto eran simplemente unas grutas bajo tierra para aquellos que secuestraba y se encontraban a su merced. Me daba exactamente igual, a decir verdad.

A parte de no poder verlo con mis propios ojos, el hecho de que me dieran una mejor estancia, o un mejor trato, no cambiaban mi opinión sobre toda aquella situación. Este no era mi sitio y tenía que conseguir salir de aquí cuanto antes, y como fuese.

Caminé de un lado a otro de la habitación durante un buen rato. Pensaba, palpaba todo lo que tenía a mi alrededor intentando hallar una posible respuesta, y una salida. Volvía a pensar, me sentaba, pensaba un poco más...

Creo que debí de pasar unas cuantas horas así, y sólo había conseguido descifrar donde estaban la cama, el armario, una mesa con una silla, una palangana para asearse y un frutero con algo de fruta fresca, de la que no quise probar ni un bocado por miedo a que estuviera envenenada.

Si quería salir de aquel lugar lo que estaba claro es que la salida no iba a estar en esa habitación. Llamaron a la puerta. Me traían la comida. Quien quiera que fuese el que estaba ahí fuera, no hizo mucho ruido. Tan solo se limitó a abrir la cerradura de mi puerta con un gran manojo de llaves que sonaban a viejo y oxidado. La puerta se abrió y unos pasos delicados y tímidos avanzaron hacia mí.

—Ten, come un poco, te vendrá bien.

Por primera vez en toda mi estancia allí, una voz dulce y educada se dirigió a mí, y podía decir a ciencia cierta que era una mujer. Estiré los brazos y ella colocó un plato que pesaba un poco y que parecía estar repleto de deliciosa comida, a juzgar por el olor que desprendía.

—Gracias —dije, y me senté en el borde de la cama más que contento con mi plato de comida rebosante y caliente.

—Te he dejado una jarra de aguamiel y un pedazo de pan encima de aquella mesa.

Nada más terminar de hablar se dio cuenta de mi discapacidad y preguntó:

—¿Te lo hizo ella?

—¿Qué? —respondí con otra pregunta sin saber muy bien a qué se refería.

—Tus ojos... no puedes ver, ¿verdad?

—Ah, eso. Bueno... se puede decir que no, pero es una larga historia, y... digamos que no es de ahora. Soy ciego de nacimiento.

Yo seguí engullendo aquella deliciosa carne y aquellas jugosas verduras pero había algo raro en aquella mujer. Como si estuviera fuera de lugar, al igual que yo.

—Dime, ¿cómo te llamas? —pregunté para iniciar mi búsqueda de información.

—Siennah, señor. ¿Y vos? —me entró la risa al ver que me trataba con tanta educación y respeto, y le dije:

—Siennah, no tienes que llamarme señor. No sé que edad tienes tú, pero yo sólo tengo veinte años, y no soy ningún señor.

—Tengo veintitrés años, aunque para mí la edad es algo diferente con respecto a los...—. Se quedó callada.

—Los... ¿humanos? —mis palabras le dejaron todavía más silenciada—. ¿Quién eres, Siennah?, O mejor debería preguntar, ¿qué eres? —Noté que comenzaba a andar en dirección a la puerta y grité de repente:

—¡No! ¡Por favor, no te vayas! No he tenido una conversación normal y de buen trato con nadie desde que he llegado aquí.

Por favor, quédate un poco más.

Siennah se paró en seco y sus pasos se volvieron de nuevo hacia mí. Cogió la silla que había junto a la mesa y la trajo hasta donde estaba yo y se sentó. Al ver que ya había terminado toda la comida que había en el plato, me lo retiró de las manos y lo colocó en el suelo.

—Soy una elfa —comenzó a decir. Por alguna razón no me sorprendía, debido a las pistas que ya me había dejado. Paso grácil y ligero, voz dulce, trato amable...

—No estoy secuestrada como tú lo estás ahora mismo. Vivo aquí. Este es mi hogar.

Aquellas palabras me desconcertaron en gran manera. ¿Por qué querría una elfa vivir bajo los dominios de Vermella?

—¿Cómo puedes vivir en un lugar así, cargado de mal y con seres como los que habitan este lugar? —mi confusión iba en aumento.

—Vermella es mi madre—. Se me desencajó la mandíbula.

—¿Qué? ¿Cómo es posible entonces que...?

—Mi padre es un elfo. Se llama Riot. Se alió con las fuerzas del mal y con Vermella hace mucho, mucho tiempo...

—¿RIOT? —ya no daba crédito a lo que estaba escuchando.

—Mi padre y mi tío Romak tenían razón. ¡¡¡Es un traidor!!! y tú... ¡¡Tú eres una de ellos!!

No me di cuenta pero tenía a aquella pobre chica cogida fuertemente por los hombros y no dejaba de zarandearla. No le hacía daño, por supuesto. Me doblaba en fuerzas... Cuando por fin consiguió soltarse, le dejé que se explicara, ya que no parecía querer hacerme ningún daño.

—Yo no escogí mi destino. Soy una víctima como otros tantos y como tú, Nortem.

Estaba al tanto de quién era yo, eso empezaba a encajar algunas cosas.

—No estoy de parte de mi madre pero mucho menos de mi padre, por la traición que ha mostrado a su pueblo.

Creo en Eak con toda mi alma y espero fervientemente, al igual que tú, que llegue el día en el que toda la región de Torkiam y más allá, sea libre del poder del mal, que tanto amenaza con destruirlo todo. Es verdad que me resigné a vivir aquí, pues no encontraba la manera de escapar con vida, pero eso no quita que no quisiera hacerlo. He oído a mis padres hablar de ti, de tu gente y de esa pulsera de bronce que tiene magníficos poderes curativos.

—¿La has visto? ¿Sabes dónde está, Siennah? —volví a cogerla de los hombros pero esta vez no tan fuerte.

—Mi padre os la robó—. Su voz sonaba ahora triste y apagada.

—La escondió en alguna parte de este horrible lugar y hasta yo misma la he buscado durante años pero no ha habido suerte. Además esta fortaleza es un sitio enorme, es imposible encontrarla.

—Mmm... déjame pensar —le dije a aquella elfa mientras me rascaba la cabeza—, ¿Dices que has estado buscando tú misma la pulsera? ¿Y tú para que la quieres, si se puede saber?

—Vamos, Nortem. Todo el mundo está al corriente

estos días del misterio de la pulsera. Para los elfos es de vital importancia que llegue a nuestras manos pues dicha pulsera no debe obrar en manos del mal. Sabrás también que tiene altos poderes curativos y una de nuestras misiones como elfos es la de no permitir que haya enfermedad alguna entre los nuestros.

—Por supuesto que estoy al corriente, Siennah. ¿Acaso crees que quiero quedarme ciego para siempre?

La elfa se quedó callada durante unos instantes. Supuse que se sentía algo avergonzada, y tal vez pensativa ante toda esta situación.

—Además, si dices que has buscado la pulsera en varias ocasiones eso quiere decir que conoces perfectamente cada rincón de este mugriento lugar. Quizá podríamos...

—No es tan fácil, Nortem. Este sitio es enorme y seguro que hay más de un rincón que desconozco. Y no creo que sea más fácil ni práctico el ir los dos de expedición. ¿Qué pasaría si tú te perdieras?

—¿Acaso crees que no sé guiarme? como se nota que nunca has sido ciega, Siennah.

—Vale, ese comentario ha estado fuera de lugar, Nortem. Reconócelo.

Siennah esperó y al final asentí con la cabeza. Había estado algo grosero con aquella muchacha que en parte me estaba salvando la vida.

—Siennah, creo que podemos juntar tus conocimientos y mi perspicacia y adentrarnos de alguna manera en el palacio e ir a buscar la pulsera.

Yo sonreí con la más atractiva de mis sonrisas y la elfa soltó una pequeña carcajada.

—Podemos intentarlo, no veo porqué no hacerlo —dijo ella—. Te dibujaría un mapa pero visto lo visto, no creo que...

—Ahora soy yo quien no le ve la gracia a tu comentario, Siennah.

No pude terminar de hablar pues yo también me había empezado a reír. La elfa continuó riendo y me dio un pequeño empujón en el hombro, de modo cariñoso. Me aparté de repente, con un poco de brusquedad, y noté que ella dejaba de reír.

—Lo siento, no debí... tomarme tantas confianzas.

—No, no te preocupes, ha sido culpa mía.

Nos quedamos un buen rato en silencio y nuestra manera de tratarnos volvió a ser cordial y limitada. No tengo ni idea de qué fue lo que me hizo reaccionar así ante ella pero en ese momento, mientras pensaba en aquella incómoda situación, el rostro de Kyria vino con fuerza a mi cabeza. Estaba allí, tan real, tan cerca...

—¿Nortem?, ¿estás bien?, ¿has escuchado una palabra de lo que te estaba diciendo? —Siennah había estado explicándome algunos de los senderos hacia palacio. Cómo acceder a ellos, qué partes evitar, etc. pero yo con mis cavilaciones no había oído nada.

—No, lo siento Siennah, no te he escuchado en absoluto. Estaba completamente absorto en...

—¿La echas mucho de menos? —preguntó sonriente.

—¿Qué? ¿A quién? —No podía disimular peor.

—Vamos, hombre. Es obvio que tu corazón y tus sentidos son presos de una mujer. ¿Me equivoco?

Me quedé perplejo. ¿Por qué tenían que ser las mujeres tan perceptivas e inteligentes?

—Pues... la verdad... sí... es una vieja amiga. La echo de menos, sí. Nos conocemos desde pequeños, hemos ido juntos a la escuela, jugado juntos...

—¿La amas, Nortem?

—Ya no sé ni lo que siento en estos momentos. Hace unos días fue la ceremonia de talentos y no tengo la menor idea de cuál habrá sido el destino que haya elegido Kyria.

—¿Kyria?, es un nombre muy bonito. Es humano, creo, ¿No?

—Sí, ella es medio humana, medio elfa. Y en la ceremonia de talentos se supone que...

—... Se supone que deben elegir entre permanecer como humanos o acceder a la inmortalidad élfica. Yo también tuve mi propia ceremonia de talentos, Nortem. Y elegí la inmortalidad élfica y estar al servicio de Eak. Pero mi padre se enfureció de tal manera que no me dejó vivir en los bosques con los demás elfos y me encerró aquí en el palacio de Vermella.

El muy cretino les contó a los demás elfos y elfas que yo había desaparecido, que me había escapado a tierras lejanas para no volver...

—Debió de ser muy duro para ti —era lo único que podía decirle.

—Sigue siendo muy duro pero todo tiene un límite, Nortem, y creo que este está muy cerca.

Capítulo 14

BÚSQUEDA Y RESCATE

Todo había terminado. La ceremonia de talentos había llegado a su fin y cada persona allí, fuese humano o elfo, se había marchado ya a sus casa, feliz, o tal vez triste pero en definitiva con un futuro cambiado, un nuevo destino, y eso debía suponer algo. Todos se habían marchado ya. Todos menos Troiik, que se había quedado sentado en una de aquellas gruesas raíces de árbol que daban al río. Se hallaba cabizbajo y pensativo. Alguien se le acercó de repente y se sentó a su lado. Troiik ni se inmutó.

—No todo está dicho aún, Troiik. No debes perder la fe.

La mano de Erin se posó dulcemente sobre la de Troiik y él la estrechó con fuerza.

—¿Crees que aún estará vivo? ¿Lo volveremos a ver, Erin? ¿Volveremos a estar con Nortem algún día de estos?

Troiik parecía apagado aunque a la vez algo ansioso. Erin lo abrazó con fuerza, a continuación se puso en pie y comenzó a alejarse.

—Recuerda Troiik —dijo dándose la vuelta— que Eak tiene la última palabra en todo y que Nortem tiene un papel muy importante en toda esta historia. Vete a casa y descansa. Mañana verás todo con otros ojos—. Y acto seguido se adentró aún más en los bosques y desapareció.

Ya estaba amaneciendo cuando Troiik llegó a su casa y una vez más, para su sorpresa, la puerta estaba abierta. Cogió una roca que había allí cerca de la puerta y se entró en la casa para ver quién era el intruso esta vez.

—No irás a golpearme con ese pedrusco, ¿verdad, Troiik? —la risa de Romak comenzó a resonar a sus espaldas y sintiéndose algo ridículo, Troiik dejó la roca en el suelo y se dejó caer derrotado en el sofá.

—Vaya, chico, tienes mal aspecto. ¿Quieres oír algo, Troiik? —y sin dejar que Troiik llegara a contestar, Romak continuó hablando.

—No sé tú pero yo no pienso quedarme aquí parado mientras Nortem corre peligro. Yo...

La cara de Troiik se iluminó de repente, se puso en pie de un salto y con las pocas fuerzas que le quedaban, miró fijamente a su cuñado y dijo:

—¿Qué quieres decir, Romak? ¿Crees que deberíamos ir en su busca? Porque si es así, sabes que soy el primero en apuntarme a la expedición.

Romak rompió a reír de nuevo, orgulloso por lo que había conseguido.

—Este es el plan, Troiik. Saldremos al atardecer, cabalgaremos de noche. Será mejor que duermas unas cuantas horas. Te necesito fresco como una rosa. Tú deja que yo me encargue, vete a dormir y cuando llegue la hora te iré a despertar. No te preocupes por nada más.

—Pero, Romak, ¿seguro que no necesitas...?

—Vamos, vamos, ve arriba y descansa. Haz lo que te digo Troiik.

Y sin más dilaciones, Troiik subió a descansar y Romak siguió con sus preparativos para salir en busca de

Nortem.

Algunas horas más tarde, Romak subió a despertar a Troiik como había prometido. Este estaba profundamente dormido y le costó bastante despertarse. Cuando por fin consiguió abrir los ojos, Romak le lanzó una toalla y le dijo:

—Vamos, es la hora. Ve a asearte un poco. Te espero abajo. Todo está listo para el viaje.

Troiik cogió la toalla al vuelo y se dirigió al baño, pero antes de atravesar la puerta, se dio media vuelta y mirando a su cuñado añadió:

—Gracias por esto, Romak. Por todo.

—No me des las gracias Troiik, también es mi sobrino, y aunque mi hermana sea de carácter paciente yo soy muy humano en este tipo de cosas. Me parezco mucho a ti—, y rompió a reír mientras Troiik se adentraba en el baño, sonriendo.

Dejaron las ventanas y las puertas cerradas y se dirigieron al establo. Allí estaban Talo y Polt esperando, ya ensillados y listos para partir. Romak fue el primero en montar en su caballo, a Troiik le costó un poco más.

—Vamos Troiik, es normal que ahora mismo todo te recuerde a él pero debes ser fuerte. Y Polt estará más que feliz de ver a su dueño...

Mirando a Romak, y convencido por sus palabras, Troiik se subió al caballo de su hijo y juntos emprendieron aquel largo viaje. Estaban tranquilos, aunque no descartaban la posibilidad de encontrarse con obstáculos peligrosos durante el trayecto y una vez allí.

—¿Y a dónde nos dirigimos, si se puede saber? —

Troiik volvía a ser el mismo, con sus preguntas y su aire curioso.

—Creo que sé dónde está. Cuando Iranis mostró la esfera de cristal, pude reconocer en parte el lugar donde tienen secuestrado a Nortem. Es un lugar donde jamás he estado, pero sé dónde se halla y cómo llegar. Siempre nos han prohibido acercarnos allí, es la fortaleza de Vermella.

Pero esto es cosa de urgencia, ¿verdad? —Y guiñándole un ojo a su cuñado, le adelantó con el caballo y se puso delante para guiarle.

Cabalgaron durante muchas horas, o al menos el camino se hacía largo y pesado. Paraban de vez en cuando para dar de beber a los caballos y para poder comer un poco ellos también. Atravesaron un bosque de árboles muy altos, de tronco fino pero muy largo y cuyas copas eran densas y con mucho follaje, lo cual impedía que la luz del sol penetrase en aquel lugar.

Después se hallaron ante una explanada árida y desierta. Aún algo verde aunque cada vez menos, allí no había vida, ni plantas, ni de animales.

Ya había anochecido otra vez con lo que sería difícil que alguien les viera. El plan iba saliendo bien. Al cabo de un par de horas comenzaron a divisar árboles de nuevo, y muchas rocas, algunas del tamaño de una casa. Decidieron que era un buen lugar para pasar la noche sin que nadie pudiera descubrirlos.

—Estamos muy cerca, Troiik —dijo Romak algo nervioso.

—¿Y tenemos que tener miedo? porque pareces algo asustado— repuso Troiik.

—No necesariamente pero no sé con qué tipo de seres nos vamos a encontrar, ni en qué estado encontraremos a Nortem. Sólo intento decirte que...

—Está vivo. Lo sé. Siento una paz profunda y certera al respecto. Y no podemos ni debemos dar nada por hecho hasta que lo veamos con nuestros propios ojos. Deberías descansar y tranquilizarte. Eak está y estará con nosotros.

—Tienes toda la razón. Y no debería ser yo quien se asustara... ¡¡ soy un elfo!!

Y rompiendo a reír de nuevo dio una palmada en el hombro a su cuñado y se fue a dormir. Troiik se quedó despierto un rato más, ató bien a los caballos, apagó un pequeño fuego que habían encendido y se sentó junto a una roca alta desde donde se divisaba toda la explanada y más allá del horizonte.

"Es increíble que esté ocurriendo todo esto" —se dijo a sí mismo.

"No debes sentir miedo, Troiik" —Se giró deprisa hacia donde estaba Romak para ver de qué clase de broma se trataba ahora, pero el elfo ya hacía rato que dormía plácidamente.

"Estoy aquí, hijo" —se oyó de nuevo esa voz grave y profunda.

—¿Quién eres y por qué no puedo verte? —Preguntó Troiik en voz baja para no despertar a Romak.

"Es cierto, no puedes verme, pero sigo estando aquí. Siempre estoy presente. Siempre lo estaré."

—¿Eak? ¿Eres tú? —Troiik estaba ahora

maravillado. Había oído en alguna ocasión de gente que había escuchado la voz audible de Eak pero jamás se hubiera imaginado que pudiera ser cierto, o que pudiera pasarle a él.

"Muchos no creen hasta que no lo ven con sus propios ojos pero... ¿Ni siquiera escuchando mi voz vas a creer? La solución a cada problema siempre está más cerca de lo que parece pero seguís empeñados en complicar las cosas. Creer es poder, Troiik"

—Ahora creo, de verdad que sí—, respondió Troiik absorto y mirando hacia el cielo—. Tú lo sabes todo, tú sabes que va a pasar. Dime, ¿qué le va a pasar a Nortem?

"Hay un tiempo para cada persona y para cada cosa. Debéis poneos en marcha. Un mal se acerca y no debéis rezagaos. He dado a Romak de mi sabiduría para guiarte, aunque el cree que son sus logros... pero confía en él porque te llevará hasta tu hijo. Y recuerda, siempre estoy aquí."

—¿Hablabas con alguien, Troiik? —preguntó Romak medio adormecido.
—No, yo...
—Deberías intentar dormir. En un par de horas estaremos de nuevo en marcha. Saldremos antes de que amanezca, ya estamos cerca y será más prudente hacerlo así. Vamos Troiik, echa una cabezadita.
—No, Romak, ¡despierta! es hora de marcharse.
Troiik estaba zarandeando a Romak pero este permanecía profundamente dormido.

–Un rato más, por favor Troiik.
—De eso nada, hay que salir cuanto antes, no

podemos rezagarnos más.

—Está bien, perdona. Tienes toda la razón, y tratándose de Nortem no debería ser tan perezoso. Venga, vámonos.

Y poniéndose en pie, recogieron sus cosas y desataron a los caballos para seguir cabalgando. Estaba a punto de salir el sol, así que para que nadie pudiera verles, siguieron una ruta que atravesaba un sendero de rocas altas y puntiagudas.

—Oigo pasos, ¡Escondámonos, aprisa! —Romak hizo un gesto rápido con la mano para que Troiik obedeciera, y se metieron en una pequeña abertura de una roca, que a su vez estaba cubierta por ramas gruesas de un árbol que crecía allí mismo.

Cuando ya estaban a cubierta, Romak se asomó rápidamente al sendero y estirando sus manos en dirección al camino polvoriento, pronunció unas palabras en voz baja:

—"*Kaira trana*" —y volvió a meterse en la cueva tan rápido como pudo.

—¿Se puede saber qué estabas haciendo? —preguntó Troiik en voz muy baja, ahora que los pasos se oían más cerca y las voces más claras.

—Magia élfica. Tenía que borrar nuestras huellas y las de los caballos. De otro modo, nos descubrirían.

—Bueno, visto así... ha sido muy sabio por tu parte. Gracias Romak. Otra vez.

—Shhh, ahora silencio, Troiik. ¡Ya están aquí!

Oyeron unos pasos justo por el tramo del sendero del que hacía unos minutos se habían apartado y de repente dejaron de oír esos pasos. Quien quiera que fuera, se hallaba ahora quieto y observando. Troiik y Romak se miraron algo nerviosos y Troiik rezó para sus adentros para que a los caballos no se les ocurriera hacer ningún ruido justo en ese momento.

—¿Hueles eso? —preguntó una voz gangosa y oscura, y a juzgar por el tono profundo daba la impresión de corresponder a alguien de gran tamaño.

—Yo no huelo nada, vamos.—respondió otro de los seres, este con un tono algo más agudo pero igualmente oscuro.

—Un humano y un elfo. Estoy seguro, mi olfato no me falla nunca.

—Pero ya veo que la vista sí, estúpido ignorante. ¿Acaso no ves que no hay ningún rastro, ni huellas ni nada?

Mientras los dos seres discutían, Romak se aventuró a lanzar una pícara sonrisa a su cuñado, atribuyéndose una vez más el logro de haberles salvado de nuevo. Troiik sin embargo, sentía miedo, estaba como paralizado, sin querer apenas respirar para no hacer más ruido de la cuenta.

—Te digo que por aquí han pasado un asqueroso elfo y un insignificante humano. Me creas o no.

—Bueno, ¿y qué quieres que te diga?, sea como fuere, aquí no hay nadie y nosotros tenemos que seguir nuestro rastreo o ella se enfadará.

—Está bien, ¡en marcha! —Romak y Troiik esperaron a que los pasos de aquellos seres se alejaran lo suficiente como para no poder oír nada.

—No hay peligro, Troiik. Ya puedes salir.

Romak exploró los alrededores para poder asegurar a su compañero que verdaderamente estaban fuera de peligro. Se quedó mirando al suelo y comentó:

—Ellos si que son asquerosos e insignificantes.

—¿Ellos? —preguntó Troiik curioso.

—Zutaks —repuso Romak escupiendo al suelo. Asquerosos e insignificantes Zutaks. Mira sus huellas, Troiik, no sé si habrás visto alguno de estos monstruos en tu vida pero son enormes, y siento decirte que Nortem posiblemente esté rodeado de ellos.

—¿Son esclavos de Vermella? —continuó preguntando Troiik.

—Algo así. Ella ha creado un ejército de cientos de esos seres. Piensa destruir Torkiam y a todos nosotros con ellos, pero como has podido ver, solos son bastante inútiles...

Y volviendo a sonreír, infundió una dosis de paz en el bueno de Troiik, que hizo que este también sonriera.

—Sígamos por aquí esta vez —dijo Romak señalando a un sendero más pequeño y casi borrado que se abría paso entre unos matorrales, —sólo por si acaso.

—Romak —le preguntó Troiik mientras reanudaban su camino—. ¿Te has fijado en lo silenciosos que estaban los caballos mientras estábamos en la cueva?

—Magia élfica —dijo el elfo sonriendo de nuevo. Hice un pequeño y rápido conjuro para que enmudeciesen.

Troiik estaba realmente impresionado, pero sobre todo agradecido. Antes de que pudiera abrir la boca para decir algo más, Romak continuó:

—De nada. Para eso están los amigos.

Capítulo 15

UN PEQUEÑO ATAJO

Por alguna extraña razón, me fiaba de ella. No me quedaba otra, la verdad. Pero además de eso, ella era una elfa, casi como yo.

Eso tenía que contar para algo, supongo que habría algún tipo de código de fraternidad o algo así que les impidiera mentir. Fuera como fuese, estaba completamente seguro de que estaba a salvo a su lado.

Aquella mañana me había despertado muy temprano. Siennah había venido a buscarme cuando aún no era de día y me había indicado un pequeño atajo que debíamos seguir para llegar a nuestro destino. Se suponía que íbamos en busca de la pulsera así que no me rezagué ni un segundo.

—Manténte bien pegado a la pared, Nortem, así irás más seguro. Dentro de poco nos adentraremos en una gruta aún más estrecha y estos son barrancos muy profundos que nadie sabe a dónde van a parar. Si lo prefieres puedes darme la mano y yo te guiaré.

Por supuesto que no tenía miedo pero accedí a sujetarle la mano, creo que iba a estar más seguro así.

—¿Y adónde nos dirigimos exactamente, Siennah? —comencé a preguntar, un poco por curiosidad pero también por romper el hielo con algo. He de decir que me encontraba algo incómodo yendo de la mano con aquella chica.

—De todos los lugares en los que he buscado

durante años, hay un par de ellos en los que nunca me he atrevido a entrar y tampoco es que se me haya permitido.

—¿Y qué lugares son esos? ¿Son peligrosos? ¿podremos entrar?

—Son los aposentos de mi padre y la cámara del tesoro de Vermella. Están en lados opuestos de la fortaleza y ambos están prácticamente siempre bajo vigilancia. Pero ya se me ocurrirá algo, Nortem.

—¿Ya se te ocurrirá algo? ¿Quiere eso decir que no tienes un plan, que te vas guiando según...?

—Según la sabiduría que Eak me ha dado. Creo que es suficiente, ¿no?

—No te lo discuto. Perdona mi intromisión, Siennah.

Vaya, ¿cómo se me había ocurrido faltarle al respeto así? Con todo lo que ya había hecho por mí.

En ese momento ya habíamos llegado al final de la gruta y ahora tocaba empezar a subir hacia arriba. Para ello tomamos una escalera de caracol, pero no la general, pues no queríamos ser descubiertos. Era una segunda escalera, ya vieja y algo derruida, por la que Siennah aseguraba que rara vez bajaba o subía alguien. En definitiva, era mucho más segura.

—Nos llevará un buen rato subir esta escalera pero nos conducirá a una pequeña gruta que da justo al suelo de los aposentos de mi padre. Tiene un entablillado de madera cubierto por una alfombra y no será muy difícil entrar en la habitación. Sólo tendremos que cerciorarnos de que no haya nadie dentro.

—Vaya, suena a toda una aventura de riesgo. Me gusta. ¿Y si la pulsera no está allí?

Sentía que acababa de cuestionar de nuevo a la

pobre Siennah pero ella se limitó a sujetarme la mano con más fuerza, hablando en un tono suave pero aún firme y seguro:

—Entonces tendremos que volver a bajar esta larga escalera y buscar en la dirección opuesta, en la cámara del tesoro de Vermella. Pero tranquilízate, Nortem. Con nervios no se va a ninguna parte y encima empeorarás más las cosas.

—¡Sí, mi señora! —deseé al momento no haber dicho eso en voz alta. Se me escapó por completo y debía de tener la cara roja como un tomate, pero eso no era lo peor. Ella se quedó quieta y no dijo nada. NADA.

—¿Siennah? ¿Estás bien?, yo... lo siento.

—Si no fuera porque realmente me encanta tu sentido del humor, te habría dejado a merced de mis padres ya hace rato.

—No hablarás en serio, ¿verdad? —al no poder ver su rostro no sabía con certeza si lo que me estaba diciendo iba en serio.

—No, pero disfruto viéndote sufrir —Y soltó una carcajada, no muy fuerte, pero lo suficiente como para hacerme sentir incómodo otra vez. Seguimos subiendo las escaleras y no sé lo que hice pero resbalé con uno de los escalones que estaba prácticamente derruido, y me caí, retrocediendo así unos cuantos escalones más.

Siennah no me vio así que no pudo sujetarme a tiempo y cuando caí, me golpeé el hombro contra una roca que asomaba de una de las paredes y me hice una pequeña brecha, pero que sangraba bastante.

—¡Por favor, Nortem! Sólo tenías que cogerme de

la mano. Así no vamos a llegar nunca.

Siennah retrocedió para ayudarme y al ver mi herida exclamó:

—¿Te duele mucho?

—No, pero sangra demasiado para no ser muy grande, debería curarla o perderé demasiada sangre como para seguir en pie.

—Eso puede arreglarse pero necesito tu camisa, Nortem.

—¿Mi camisa? —exclamé algo avergonzado.

—Es tu camisa o son tus pantalones. Tú decides, pero necesito tela para presionar contra la herida.

—Desde luego que no voy a quitarme los pantalones. Toma, sírvete con esto.

Y quitándome la camisa se la arrojé a las manos. Siennah se acercó y me dijo que estaba vertiendo un poco de líquido frío e inodoro, y que gracias al cielo, no escocía.

Después me vendó el hombro y la parte superior del brazo con la camisa y dijo:

—Ya está. Hemos terminado. El ungüento que te he puesto y la tela presionando la herida harán que cese de sangrar enseguida. En un par de días ya habrá cicatrizado y podrás quitarte el vendaje.

Tenía una mano apoyada en mi hombro y otra en mi pecho para poder sujetarse al ponerse de pie. Y aunque no fue un roce intencionado, sentí que me hervía la sangre, que me daban escalofríos de repente. Siennah también sintió lo mismo pues apartó sus manos de mí rápidamente y se puso en pie de un salto.

—Debemos continuar, Nortem. Si ya te encuentras mejor...

—Sí, por supuesto, —continué— será lo mejor.

Volvimos a retomar nuestro viaje y conseguimos subir todos aquellos escalones que habíamos retrocedido tras mi caída, y algunos más. Ya casi habíamos llegado a arriba del todo cuando Siennah se giró bruscamente pero sin hacer nada de ruido, me cogió de la mano y me dijo en voz baja pero firme:

—Ahora tenemos que quedarnos quietos y escuchar atentamente. Si no oímos nada puede que tengamos suerte y no haya nadie ahí dentro.

—¿Dónde estamos, Siennah?—pregunté curioso.

—Justo donde te dije que vendríamos primero. Estamos bajo el suelo de los aposentos de Riot. Y ahora calla, Nortem.

No me ayudas así...

No me gustaba nada el silencio y la verdad, en mi humilde opinión, no se oía nada. No se porqué no entrábamos ya en aquellos aposentos.

—¿Por qué lo llamas así? quiero decir, ¿por qué no lo llamas padre, o papá...?

No sé a qué venía esa pregunta, me pareció raro el que le llamara por su nombre de pila. Quizá era algo propio de los elfos.

—Porque para mí no es un padre, Nortem. Nunca lo ha sido. No se ha portado como tal y todo el daño que ha hecho a Torkiam con el asunto de la pulsera hace que le aborrezca aún más.

Siennah hablaba intensamente y a una velocidad

que me costaba seguirle.

—Pero tienes que recordar que es tu padre, Siennah. Eso no puedes cambiarlo.

Y es mejor vivir con el perdón en tu corazón, hazme caso.

Vaya, así que yo, el sabio de Nortem, ahora era experto en dar consejos.

—¿Y tú qué sabes sobre el perdón? ¿Has tenido que lidiar en tu corta vida con un rencor igual o mayor que el mío? —ahora su voz se había vuelto más intensa y más grave.

—No —contesté rápidamente y bajando la cabeza algo avergonzado—, y espero que Eak me libre de pasar por ello.

—Bien has dicho, Nortem. —dijo Siennah, esta vez con voz más suave—,
Pero todos pasamos alguna vez por alguna situación en la que tenemos que poner en práctica el perdón. Ya te llegará, no lo olvides.

Me había quedado como mudo. Lo que me faltaba, un sentido menos. Siennah empezó a palpar con sus manos el techo que tenía justo encima de su cabeza, eso me devolvió a la situación en la que estábamos, pues me caía el polvo de la tierra y la madera justo en la cara. Era un suelo entablillado y al parecer ella estaba buscando una tabla en concreto que debía levantar en el punto exacto, en el momento exacto, para poder entrar y registrar aquella habitación.

Se oyó un golpe seco y cayó más arenilla encima nuestro, entonces Siennah se impulsó, sin apenas ayuda, y entró en aquella habitación. Al cabo de unos segundos me llamó:

—Está vacía, Nortem, ¡puedes subir!

Pensé en pedirle ayuda, no sé, al menos una mano amiga para coger impulso, pero me pareció un gesto débil por mi parte e intenté de todas las maneras subir yo solo. No sé cómo pero lo conseguí, y Siennah se echó a reír al verme.

—Puedes pedir ayuda siempre que lo necesites, Nortem. Y esta era una de esas veces, ¿no crees? — Continuó riendo y como no quería hacer ruido, se tapó la boca con las manos, lo cual provocó en ella una risa aún más difícil de controlar.

—No le veo la gracia, Siennah. Podría haberme caído de nuevo.
Pero el mero hecho de pronunciar aquellas palabras y visualizarlas en mi mente hizo que se me escapara una medio sonrisa.
—¡Vaya! pero si sabes sonreír... No me extraña que esa Kyria esté loca por ti, Nortem. Tienes una sonrisa muy bonita.

Debería haberme puesto triste de repente al oír mencionar el nombre de Kyria pero no causó ninguna reacción de ese tipo en mí. Al contrario, me agradó aquel piropo.

—¿No estarás flirteando conmigo, Siennah? —y ahora yo empecé a reír como lo había hecho ella hace apenas unos segundos.

—¡Nortem! —volvía a estar enfadada.

—¿Qué? sólo era una...

—No te atrevas ni a pensarlo. No soy de esa clase de chicas y tú tienes... estás... ¿qué pasa con Kyria?

—Pues eso mismo quisiera saber yo —contesté rápidamente.

—No me refiero a eso, Nortem. Quiero decir, ¿qué pasa con vuestra relación?

—No tengo ni la menor idea. Hace ya días que no sé nada de ella, ni siquiera sé qué destino habrá escogido en la ceremonia de talentos —sonaba indiferente y no sé porqué.

—¿Y ya está? ¿Abandonas el amor de tu vida sólo porque llevas sin verlo unos cuantos días? Dime Nortem, ¿qué aliciente tiene estar con un chico como tú si a los pocos días de no ver a tu chica te olvidas de ella?

Me quedé helado. Tenía toda la razón del mundo. Y para variar, no sabía que contestar.

—Ya me lo imaginaba —continuó ella fríamente.

—En fin, sigamos con lo que hemos venido a hacer. Nortem, será mejor que te quedes donde estás y que si oyes que se acerca alguien, me avises, ¿de acuerdo?

Asentí con la cabeza. Me sentí totalmente descolocado. Siennah se pasó los siguientes minutos buscando en cajones, estanterías, recovecos en la madera...

—¡Siennah! —le llamé sin levantar mucho la voz.

—¿Y ahora qué, Nortem? —aún parecía algo enfadada a la vez que concentrada en su misión.

—Creo que se acerca alguien por la puerta principal. ¡Rápido, salgamos de aquí!

—Ya es tarde, nos descubrirían. Ven, metámonos debajo de la cama, sería mucha coincidencia que mi padre necesitara buscar algo ahí, justo ahora.

Y cogiéndome de la mano y tirando de mí, me ayudó a meterme debajo de la cama de Riot, y acto seguido lo hizo ella.

—Ven, pégate a mí, que no se nos vea por los bordes.

Siennah se pegó a mí todo lo que pudo y se agarró fuerte a mi pecho, como si estuviera aterrorizada ante la situación.

—Oye, déjame respirar al menos —le dije.

—Perdón, es que me he imaginado la cara de mi padre si me pillara aquí y me ha entrado pánico.

—Como si yo pudiera hacer mucho por protegerte. Aquí la única que al menos tiene poderes eres tú —intentaba suavizar la situación y que se relajara, aunque yo también empezaba a sentir algo de miedo.

—Vas progresando, Siennah.

—¿A que te refieres?

—Has dicho: "si MI PADRE me pillara aquí..."

—Bueno, eso no significa nada, Nortem. Y ahora calla, se acerca alguien.

Me puso una mano en la boca y nos quedamos en completo silencio. La puerta se abrió de golpe y unos pasos elegantes y rápidos se adentraron en aquel aposento.

Supimos que era Vermella al escucharle hablar. Pero no estaba sola, aquello era un encuentro entre ella y Riot.

Me giré de golpe hacia Sienna, como pidiendo una explicación, pero ella continuó tapándome la boca y me puso la otra mano en el pecho para hacerme entender que no debía preocuparme. Al menos no todavía. Ahora la habitación se había llenado de risas y la pareja, que venía algo alegre por el alcohol, cayó en la cama, entre arrumacos y más risas.

El colchón de la cama tocaba ya casi nuestros rostros por el peso de los de arriba, yo empezaba a agobiarme por el escaso espacio y la incómoda situación de tener a los progenitores de mi amiga justo encima mío. De repente dejaron de reír, al oír unos golpecitos en la puerta.

—¡Dejadnos en paz, imbéciles! —gritó ella, como siempre tan educada.

—¿Quién es? —preguntó Riot entonces poniéndose en pie. La puerta se abrió y un ser con voz ronca y profunda, un Zutak, habló diciendo:

—¡Majestad, Eminencia! —me hizo gracia cómo se refería a Vermella y a Riot, respectivamente.

—Hemos encontrado a unos intrusos.

Estaban adentrándose por las grutas subterráneas que dan a los calabozos. Son un humano y un elfo. Los hemos apresado.

Me quedé helado por segunda vez. ¿Un humano y un elfo? ¿quién más podía estar allí aparte de nosotros?

Riot se dirigió a aquel Zutak y dijo:

—¡Mostradme a los intrusos!

Y Vermella, que no quiso perderse la fiesta, añadió:

—Voy contigo, ¡me apetece ahorcar a alguien hoy!

Como siempre, sus palabras sonaron muy crueles y creíbles. Salieron todos de la sala y la puerta se cerró tras ellos.

—¡Aprisa, Nortem! estamos en peligro—dijo

Siennah saliendo de debajo de la cama.

—¿Por qué?, ya se han ido, ¿no?

—No sé quiénes son ese humano y ese elfo pero seguramente son refuerzos.

¡Han venido a rescatarte Nortem! ¿Lo entiendes? Deberíamos estar en nuestros respectivos lugares, por si fueran a buscarnos.

—¿Y que sugieres...?

—Hay que volver por donde hemos venido. Te llevaré a tu habitación y yo me dirigiré a la mía. Con suerte, nos dará tiempo a llegar mientras van a ver a los otros dos intrusos.

—Está bien, en marcha. Prometo no caerme esta vez.

Y soltando una pequeña risa nerviosa, Siennah me cogió de nuevo de la mano, salimos de la habitación bajando por el suelo, cerramos el entablillado abierto y corrimos escaleras abajo, atravesando cada gruta por la que habíamos venido. Al final, conseguimos llegar a tiempo a mi aposento. Y todo estaba en calma allí. Estábamos a salvo.

—Gracias otra vez, Siennah. Oye, ¿has conseguido encontrar algo?

—Aún no, pero no me quedaba mucho más donde mirar allí. Definitivamente, la pulsera tiene que estar en la cámara del tesoro de Vermella. Pero eso lo dejaremos para otro día. Tiene más riesgos.

Siennah se disponía a marcharse ya, pero se me hacía raro. Debía de ser ya por la tarde, y me rugían las tripas del hambre que tenía. Con toda aquella odisea de la búsqueda de la pulsera no habíamos probado bocado y yo al menos me moría de hambre.

—¿Vendrás a traerme algo de cena? Hoy ya me he saltado una comida y estoy que no puedo más...

—Ahora debo irme, Nortem. Es arriesgado para los dos que vuelva a verte hoy. Sospecharán y no podremos seguir con nuestro plan.

—Entonces no te vayas —escupí las palabras a la vez que buscaba su mano para retenerla. Sorprendentemente, ella no hizo ningún gesto de rechazo y se quedó allí de pie, parada.

—Nortem, estás cansado y hambriento, lo sé, pero esto no está bien y tú ni siquiera estás seguro de lo que quieres... —aunque ese era el rechazo que estaba esperando, no sonó demasiado convincente. Sólo me dejé llevar por lo que me decía el instinto en ese momento y me lancé a besarla. En los labios. Pero su mano sobre mi pecho hizo que me frenara en seco y sólo pude escuchar un:

—Buenas noches, Nortem.

Y unos pasos que se alejaban por el pasillo oscuro de aquella gruta.

Aquella noche no pude pegar ojo. Estaba confuso y el recuerdo de Siennah no dejaba de darme vueltas por la mente. No sé si su habitación estaba cerca de la mía o por el contrario, en el ala opuesta de aquella fortaleza. Lo único que sabía es que le estaba echando de menos desde el momento en que había desaparecido por aquel oscuro pasillo.

Tumbado boca arriba en mi cama, sin un solo ruido a mi alrededor, intenté dejar de pensar en aquella elfa maravillosa e intenté concentrarme en Kyria. Era lo más sensato y lo más sabio. Tenía que descubrir qué sucedía realmente en mi corazón con respecto a ella.

Pero por más que lo intenté, fue inútil. Estaba todo en blanco y vacío a la vez. Sí que recordaba el rostro que me habían descrito, e intenté reproducir las emociones que me causaba el pensar en ese rostro, pero tampoco funcionó. Sentía una empatía profunda hacia ella, debido, supongo, al largo tiempo que hacía ya que nos conocíamos, pero aparte de eso, no había rastro alguno del posible amor que había sentido por ella.

Pensé entonces en la posibilidad de huir de aquel lugar e ir en busca de ella, quizá así podría darme cuenta de lo que realmente sentía. Pero en mi situación era bastante difícil salir de allí sin ser descubierto. Y no podía... no quería alejarme de Siennah. Ahí estaba la última palabra referente a toda esta situación. Mi corazón se había abierto a otra persona, una persona que no era Kyria. Si en algo tenía razón Siennah, era en que debía hablar con Kyria sobre nuestra relación y dejar bien claro qué había y qué no había.

Y hasta entonces era normal que Siennah no quisiera saber nada de mí. Eso no era jugar limpio, y aunque yo era en parte humano aún, no era algo propio de los elfos hacer daño así a las personas.

Escuché unos golpes pero no oí a nadie hablar. Supongo que algún ser de esos asquerosos venía a por mí. Sólo pude levantarme e ir a abrir la puerta y esperar a lo que sucediera.

—Toma, te he traído algo de comer y traigo noticias frescas. ¿Puedo pasar?

Siennah me traía el desayuno, doble porción, pues sabía que estaría más que hambriento a esas horas. Su voz sonaba ansiosa pero podía notar algo de emoción en ella.

—Vaya, muchas gracias. Y buenos días —contesté a la vez que extendía las manos para que ella pudiera depositar la comida.

—Ven, pasa. Y cuéntame de qué tratan esas noticias, ya que no vas a querer hablar de nada más... — se me escapó una sonrisa picarona, que se de seguro, ella vio, pero con su sutil comportamiento, eludió por completo y comenzó a hablar.

—He visto a los intrusos, Nortem. Un elfo y un humano. Tal y como el Zutak dijo anoche. Mi padre me ha ordenado esta mañana muy temprano que fuera a llevarles agua y algo de comer, igual que a ti. He podido hablar un rato con ellos.

Aseguran llamarse Troiik y Romak, y...

—¿Cómo? ¿Es eso cierto Siennah? ¡Son mi padre y mi tío!

No podía salir de mi asombro, la emoción me recorrió todo el cuerpo y sentí ganas de tirar la comida al suelo y abrazarle con fuerza para desahogarme. Pero me contuve.

—Vaya, pues tienes un tío muy guapo.

Y bastante flirteador, cabe decir.

Siennah bromeaba, estaba seguro. Pero debo reconocer que sentí celos. No me gustaba la idea de que Romak pudiera soltarle ni tan solo un piropo.

—Sí, Romak es así de nacimiento —y sonreí sarcásticamente, pues no me gustaba mucho la idea. Siennah no se reía, le notaba ausente y muy seria, como si fuera a contarme algo más, algo que por algún motivo no fuera a gustarme mucho.

—Han venido a buscarte, Nortem. Les dije que yo sabía donde estabas y que te llevaría con ellos, o que os ayudaría a escapar... pero que primero teníamos que encontrar la pulsera. Tu padre estaba en shock pero muy emocionado al saber que estabas sano y salvo. Me dio las gracias por ello una y otra vez.

—Y yo también te las doy —ya había terminado de desayunar y deposité el cuenco y la cuchara en el suelo.

—¿Me llevarás con ellos, Siennah?—pregunté.

—No puedo. Van a ser ejecutados hoy.

Me quedé de piedra, se me aceleró el corazón de tal manera que casi no podía escuchar lo que Siennah me estaba contando a continuación. Intenté respirar hondo y no perder la calma.

—Vermella les ha reconocido, y aunque no he oído mucho, tu padre tenía algo que ver con algo. Van a interrogarles esta misma mañana y al anochecer los matarán, a saber de qué manera.

—¿Saben mi padre y Romak que Riot está detrás de todo esto? —pregunté ansioso.

—Supongo que se lo imaginan. Y que él ha robado la pulsera. Por eso no quieren dejar escapar a tu padre con vida de aquí.

—¿Y Romak? —pregunté aún más ansioso.

—Romak está acusado de cómplice y bueno... cualquier excusa para Vermella es válida para deshacerse de un elfo.

Me puse en pie y comencé a dar vueltas por la habitación más nervioso que nunca. No podía creerlo. Primero mi secuestro, ahora el de mi padre y Romak... y en menos de unas cuantas horas no les volvería a ver.

Deseaba con todas mis fuerzas que esta pesadilla acabara de una vez por todas. Pero que acabara bien.

—Tengo que irme, Nortem. Debo intentar averiguar la manera en la que podemos ayudarles a ellos y a ti a escapar, antes de que sea demasiado tarde. Te mantendré informado.

—Ten cuidado, ¿de acuerdo? No me gustaría que te sucediera nada malo.

Capítulo 16

LA HUÍDA

Me quedé dormido. Lo supe en cuanto volví a escuchar golpes en la puerta de la habitación y me desperté sobresaltado.

—¡Nortem!, vamos, ¡date prisa! ¡ábreme la puerta! Siennah volvía de nuevo con más noticias y esta vez parecía aún más nerviosa. Abrí la puerta deprisa y ella entró acelerada hasta el centro de la sala y comenzó a hablar muy deprisa, y a caminar de un lado a otro.
—Vale, vale, empieza otra vez. Estás muy alterada y no me he enterado de nada —dije mientras le cogía de los hombros. Siennah se quedó quieta, respiró profundamente y comenzó a relatarme las noticias, esta vez a un ritmo un poco menos acelerado.

—¡Les han interrogado, Nortem! No les han torturado mucho pero han obtenido cierta información que nos pone a nosotros también en peligro.
—¿Qué quieres decir? —pregunté algo asustado.
—Vinieron aquí en tu busca, y de la pulsera, y al igual que nosotros estaban recorriendo una de las grutas para llegar a su paradero. Debían de estar muy cerca porque a uno de los Zutaks se le escapó cierta información sobre una de las salas: la cámara del tesoro de Vermella. Al parecer nosotros fuimos en la dirección opuesta pero las buenas noticias son que definitivamente la pulsera tiene que estar en la cámara del tesoro.
—¿Pudiste hablar con ellos? —volví a preguntar, intentando sacar información sobre el estado vital de mis

dos familiares.

—Sí. Cuando se marcharon Riot y su guardia de élite de los Zutaks, volví a su celda a llevarles algo de comer y como todo estaba tranquilo, me quedé un rato a charlar y ver que todo estaba en orden.

Podía volver a tragar saliva pero eso no significaba nada. Una de dos, o nos mataban directamente a los cuatro para no ser un estorbo más en los planes de Vermella, o si eran lo suficientemente listos esconderían la pulsera en un lugar distinto para que estuviera de nuevo segura. Al menos aún estábamos vivos, con eso podíamos contar.

—Hemos trazado un plan, Nortem —Siennah continuó hablando y la cosa se puso más interesante.

—Te sigo —respondí totalmente absorto en lo que tenía que contarme.

—Vamos a ayudarles a escapar. A Troiik y a Romak. "Mis padres" ofrecen un recital musical para sus súbditos y amigos del reino, gente oscura y con muy malos modales, tal y como son ellos mismos, y Vermella es la estrella de dicho musical. Como plato final del recital expondrán a tu padre y a tu tío delante de todos, para que el público allí reunido elija la sentencia.

—¿Y pretendes que vayamos todos a ese recital? —me había entrado una risa algo nerviosa cargada de furia y miedo.

—No, Nortem. Nosotros no estamos invitados. Vosotros estaréis aquí abajo encerrados y yo... supongo que a mí me mandarán a la cocina, a ayudar a los criados. Aquí no soy más que tú. Soy una simple sirvienta.

—¿Entonces? —me apresuré a decir,

—Entonces... mientras todos estén ocupados y

entretenidos con esa horrible fiesta musical yo vendré a por vosotros y escaparemos juntos. Pero tendremos que hacerlo rápido. No tendremos mucho tiempo antes de que vayan a buscar a Troiik y a Romak para llevarles a su destino final, y los pasillos de las grutas son largos y oscuros.

—¿Y qué pasa con la pulsera? si no conseguimos salir de aquí con ella no creo que tengamos otra oportunidad.

No estaba muy contento con la idea de marcharnos sin haber conseguido nuestra meta pero a decir verdad, prefería seguir siendo ciego que perder a mis familiares de por vida.

—Esa es la parte más difícil del plan, Nortem. Y no creo que podáis ayudarme en eso. Antes de que me digas nada, déjame decirte que voy a ir yo misma en su búsqueda.

—¡No, Siennah, no voy a dejar que hagas eso! Es peligroso, y estamos juntos en esto, ¿recuerdas?

—No seas insensato, Nortem. No es probable que podamos escapar todos si no lo hacemos de esta manera. Y tú eres la parte importante de toda esta historia. Si te perdemos, la profecía no se cumplirá...

—¡Eso no es justo, Siennah! ¡No tienes que sacrificarte por mí! No dejaré que lo hagas.

Ahora parecía asustado, aterrado, pero no por lo que me pudiera suceder a mí, sino por lo que le pudiera suceder a Siennah.

Quería salvarme la vida una vez más pero esta vez entregando la suya propia.

No iba a dejar que eso pasara. De ninguna manera.

—¡Llévame a ver a mi padre y a mi tío, Siennah!

¡Ahora mismo! —lo dije casi sin pensar.

—Ahora no puedo, Nortem. Tengo asuntos que atender y tareas que organizar en la cocina, pero vendré a buscarte más tarde, cuando ya esté todo listo. Te prometo que te llevaré a verles.

Por primera vez desde que estaba en aquel lugar atrapado, fue ella la que se acercó a mí y me cogió de la mano dulcemente. Y casi sin darme cuenta, depositó un suave beso sobre mi mejilla. Eso sí que no me lo esperaba pero como no quise romper la magia del momento no hice nada que pudiera estropear aquello, sólo me llevé su mano al pecho y la estreché fuerte contra mí.

—Gracias, Siennah. Eso es más de lo que necesitaba —y comencé a acariciarle el cabello, como un tonto enamorado que no sabía si ni siquiera lo estaba realmente.

—Lo sé —y se soltó. Me pareció que me causaba dolor el mero hecho de que se apartara de mí.

—No quiero que te pase nada malo, y mucho menos por mi culpa, no puedo permitirlo—dije, intentando excusar mis acciones.

—A veces en la vida se nos presentan situaciones imprevistas y decisiones que debemos tomar que a veces no nos gustan, Nortem. Pero tenemos que aprender a pensar más allá de lo que nos pide el corazón. Tú lo ves como un gesto egoísta pero de donde yo vengo, si te guardas para ti el bien que puedes dar a los demás, eso es actuar erróneamente.

—Tienes toda la razón —intenté convencerme a mi mismo—. Pero asegúrate de que volvemos a vernos. En eso sí voy a ser egoísta. Lo siento, es la parte de mi naturaleza humana.

Y después de ponerme prácticamente a sus pies, le dejé que se marchara para que pudiera terminar de preparar los últimos detalles de nuestro plan.

Después de unas horas, y después de haberme comido aún más la cabeza con todo lo acontecido en los últimos días, Siennah regresó a buscarme. A cuidar de mí, a alimentarme, a regalarme su preciosa voz.

—¿Me has echado de menos? —dije aun sabiendo que ella rechazaría mi comentario por completo.

—Ya es la hora, Nortem. Debemos irnos. He liberado a tu padre y a tu tío y se encuentran en el recoveco de una de las grutas. Nos esperan.

—Sí, vamos. No debemos perder más tiempo —dije, apoyando mi mano sobre su espalda para que me sirviera de guía.

Mientras íbamos caminando por aquellos pasillos largos y cada vez menos oscuros, pues nos dirigíamos hacia la luz, me dediqué a pensar en lo emocionante de reencontrarme con mi padre de nuevo.

Yo, al fin y al cabo, no lo había pasado tan mal pero él debía de estar destrozado. Seguramente no había pegado ojo en todos estos días. Y Romak... pues habría hecho todo lo posible por levantarle el ánimo. ¡Qué ganas tenía de verlos a los dos!

—¡Nortem!, no te quedes atrás. Siennah me volvió a coger de la mano y tiró de mí para que nos diéramos prisa—. Ya casi estamos pero prométeme que serás prudente y no montarás una escena cuando te encuentres con ellos. Tenemos que evitar ruidos o nos descubrirán.

—De acuerdo, de acuerdo —contesté medio riendo.

—¡Nortem, hijo! ¡Estás a salvo! —mi padre saltó hacia mí al verme y me dio uno de esos abrazos que sólo se dan en las despedidas o cuando no has visto a alguien querido en mucho tiempo. Yo tampoco pude evitarlo, la verdad. Al fin y al cabo... era mi padre.

—¡Romak! cómo me alegro de encontrarte a ti también —me lancé a abrazar a mi tío.

—¡Hola muchacho! Vaya, no tienes mal aspecto, veo que te han cuidado bien —dijo él, guiñando un ojo a Siennah, como siempre, aprovechando cada oportunidad que se le presentaba.

—No quiero interrumpir esta pequeña reunión familiar pero no es que estemos a salvo aun. Debéis daos prisa. El resto del trayecto es fácil —noté como Romak y mi padre me cogían uno de cada brazo y comenzaban a llevarme en volandas.

—¡Eh, esperad! ¿Qué se supone que estáis haciendo? ¡Soltadme! ¡Siennah, no! ¡No lo hagas, no vayas tú sola! —intenté forcejear con ellos para soltarme pero fue inútil. Mi padre me doblaba en fuerza y Romak... bueno, era un elfo, no había mucho más que decir.

—¡Estaré bien, Nortem! Sal de aquí, ¡aprisa! ¡volveremos a vernos, Nortem! ¡Lo prometo! —y esa voz se fue alejando por aquellas grutas húmedas e infinitas. Y yo me fui alejando de esa voz... de ella.

El resto de mi trayecto por aquellas grutas y pasillos oscuros fue totalmente en silencio. Lo único que se escuchaba eran las pequeñas discusiones entre mi padre y Romak acerca de qué camino tomar.

Siempre salía ganando Romak, con eso de que Siennah le había dado las instrucciones a él y que su sentido de la orientación nunca le fallaba. Varias veces tuvimos que detenernos y escondernos en pequeños huecos en los que no se veía nada de nada, pues por los pasillos contiguos a los que nosotros íbamos, se oían pasos y voces de parte del ejército de Vermella. Nada grave, sólo hacían su inspección diaria por las grutas, para comprobar que todo estuviera en orden.

Siennah había hablado también de esto con Romak, y aseguró que no nos pasaría nada si seguíamos la ruta que ella nos había indicado.

—Sólo nos queda un pequeño pasillo más —dijo entonces Romak—, algo derruido, pues hace mucho que nadie pasa por aquí. Y después tendremos que trepar por una roca, no muy grande pero tendremos que sujetarnos bien para no caernos, ¿Eh, Nortem?

—Vaya, así que de eso también te ha hablado Siennah, ¿eh? —empecé a ponerme furioso. Ya había aguantado bastante durante todo el trayecto por aquellas subterráneas grutas pero empezaba a cansarme ya.

—¡Dejadlo ya, chicos! —ordenó mi padre con tono firme —Nortem no ha tenido un buen día y tú, Romak, ya eres lo bastante mayor como para ponerte a su nivel, ¿no crees? —las palabras de mi padre me enfurecieron aun más.

—¿A mi nivel?, si no recuerdo mal, ya soy un adulto.

—No te enfades conmigo, Nortem. Sólo intento que las cosas estén relajadas.

Aun no estamos fuera de peligro. Mira, si queréis, podéis organizar una pelea para cuando hayamos regresado. Mientras tanto, os comportaréis como... ¡como adultos, dicho sea!

Romak me pidió perdón por lo sucedido, y dándome una palmada en la espalda, me indicó que siguiéramos. Habíamos recorrido ya aquel último pasillo oscuro, que ya no era tan oscuro como todos los anteriores, y eso indicaba que estábamos cerca del mundo exterior.

—Esta es la roca que nos indicaba Siennah. Subiremos primero a Nortem, después te ayudaré a ti, Troiik, y por último yo me impulsaré de un salto. —A Romak le encantaba alardear continuamente de sus habilidades élficas.

—Y... ¿Qué pasa con Siennah?—pregunté aun con algo de enfado—, ¿Le vamos a abandonar? ¿Y la pulsera?, ella se está jugando el cuello por nosotros y por todo Torkiam... Y quién sabe si no se lo ha jugado ya...

—Siennah lo hará lo mejor que pueda, Nortem, — intentó calmarme mi tío.

—¡No es suficiente! —repliqué.

—Cuenta con la ayuda de Eak, no lo olvides. Vendrá a buscarnos, con o sin la pulsera. Confía en mí.

Esta vez me dejó más tranquilo. No me apetecía confiar en él en ningún asunto que tuviera que ver con Siennah pero, si Eak estaba de por medio... eso marcaba una gran diferencia.

No habíamos terminado la conversación cuando nos dimos cuenta de que ya habíamos subido a la cima de la roca, Romak tanteó el terreno, que aún era algo peligroso, y cuando encontró una parte de la pared rugosa que a su parecer no era muy gruesa, sacó de su bolsillo trasero una especie de mazo pequeño, pero pesado, y dio unos cuantos golpes para derruir aquella pared.

Al abrirse la primera grieta al exterior, los rayos de sol penetraron con fuerza, y aunque yo no podía ver nada, noté con gran intensidad cómo aquella luz atravesaba mis párpados. Después de romper un poco más de aquella pared, lo suficiente como para que pudiéramos atravesarla, al menos tumbados, procedimos al siguiente paso. Yo me arrastré primero, y prometí que me acordaría de mi tío durante mucho tiempo debido a los rasguños que iba a tener por todo el cuerpo. Mi padre salió después y por último Romak. Ya estábamos fuera, por fin. Algo difícil de imaginar, pero cierto.

—¡Vaya día tan bonito que hace! —observó Romak.

—Increíble, alegra un poco toda esta situación —comentó Troiik.

—Para mí es más que suficiente el haber salido con vida, aunque parte de mí se haya quedado dentro...

Mi padre entonces me dio un abrazo tan fuerte, que supe que me entendía.

—¡Camaradas! Tenemos que seguir, nos espera un largo viaje de vuelta a casa—prosiguió Romak—, Siennah se reunirá con nosotros en los bosques Kiar. Y aquí no estamos nada seguros aún.

No quise hacer ningún comentario a sus últimas palabras. Confié y esperé. Es lo único que podía hacer.

Capítulo 17

DE VUELTA A TORKIAM

Los días habían transcurrido muy lentos, al menos para mí. No nos habíamos topado con nadie, y hasta donde nos dimos cuenta, nadie nos había seguido. Eso era bastante raro, ya que mi padre y Romak iban a ser el plato principal de aquella cena, que habría sucedido ya dos noches atrás. Nos encontrábamos ya a la entrada de los bosques Kiar cuando alguien conocido salió a nuestro encuentro y me llenó de paz.

—¡Nortem! ¡estás a salvo! —gritó Erin dirigiéndose hacia mí para abrazarme.

—¡Erin! pensé que no volvería a verte jamás... —sollocé al corresponder a su abrazo.

—Tu querido padre y tu afanoso tío no hicieron caso de mis consejos y se marcharon de aquí sin saber si quiera si darían contigo o si volverían con vida. Ha sido un gesto un tanto estúpido por su parte... ¡Pero me alegro mucho de que estés de vuelta! Sin duda alguna, Eak está contigo, muchacho.

Erin me pasó un brazo por el hombro y seguimos caminando así, agarrados.

—Con vosotros dos... —dijo dándose la vuelta y señalándoles con el dedo— ya hablaré más tarde pero antes hemos de reunirnos en el centro del bosque con el consejo élfico. Iranis también quiere vernos, es urgente.

Caminamos con ella hasta el centro del bosque, a un lugar mucho más seguro y donde nos aguardaban decenas de elfos, altos y resplandecientes, abriéndonos camino hasta el árbol centenario "Tark".

Allí se sucedían la mayoría de las reuniones del consejo élfico, según nos había contado Erin, y allí sería donde seguramente tendríamos que exponer toda la información que habíamos adquirido durante nuestro tiempo en la fortaleza de Vermella. Aquellos elfos, que se hallaban colocados a un lado y a otro del camino, se abrieron paso hasta que estuvimos delante de la misma Iranis. Yo no tenía ni idea de qué pinta tenía aquella mujer, ni siquiera había presenciado la ceremonia de talentos, así que no sabía mucho de ella, de su apariencia...

—¡Sentaos, mis fieles amigos! —dijo la profetisa con voz fuerte y segura.

—¡Nortem, acércate! —ni siquiera me había dado tiempo a sentarme antes de que me llamara, así que dejé que mi tía Erin me acercara hasta ella, y se quedó allí detrás, para guiarme si lo necesitaba.

—En primer lugar... —dijo Iranis colocando una mano sobre mi mejilla—, bienvenido a casa. No sabíamos si volveríamos a verte con vida. Eres un joven muy valiente.

—Yo... en realidad yo no hice nada...

—¡No puedo decir lo mismo de estos dos insensatos! —gritó de repente despegando su mano de mi rostro y señalando acusadoramente a Troiik y a Romak.

—¡¿Tenéis idea de el peligro en el que podíais haber puesto a Torkiam y a Nortem?!

Troiik y Romak estaban avergonzados pero justo cuando iban a abrir la boca para disculparse, Iranis cambió el gesto de su cara y sonrió abiertamente.

—Estoy orgullosa de vosotros. Habéis demostrado una valentía inigualable. El coraje ha estado de vuestro lado y es indudable que Eak os ha guiado con suerte hasta el chico y de nuevo a nosotros. Decidme, ¿traéis la pulsera con vosotros?

—No... no hemos tenido apenas tiempo de buscarla —comenzó a decir Romak—, con el rescate de Nortem y nuestra huída...
—¡Alguien nos ayudó! —dije ansioso de repente, haciendo una pequeña reverencia por la interrupción.

—¡Explícate, Nortem! —me apremió Iranis.
—Se llama Siennah, mi señora. Es una elfa.
Todos los elfos y elfas allí presentes cuchichearon por lo bajo, curiosos por la información que acababan de escuchar.
—¡Shhh! ¡Silencio! Dejadle hablar.

—Ella es... es hija de Vermella... ¡y de Riot! —ya lo había dicho. Lo solté así, de golpe, y supe que en ese preciso instante Erin tendría clavados sus ojos azules en mí.
Las voces allí comenzaron a alzarse y todos los elfos allí presentes discutían ante la inesperada noticia. Iranis hizo un gesto con la mano para que el ruido y el bullicio cesaran, y continuó hablando.

—¿Esa tal Siennah tiene valores y costumbres oscuras y malvadas como sus progenitores? —Iranis intentaba aclarar la situación.
—No, mi señora. En absoluto. Es buena y

generosa, y no huye de allí porque le tienen vigilada y no quiere desatar ninguna guerra. Pero si por ella fuera... estaría aquí con nosotros. ¡Con los suyos!

Ella nos ayudó a escapar pero se empeñó en ir a buscar la pulsera por su cuenta, y lo último que supimos es que vendría a reunirse con nosotros en estos bosques.

No me apetecía seguir hablando de Siennah, me incomodaba no saber dónde se encontraba, ni en qué situación.

—Ya veo... —susurró Iranis.— ¡Erin, querida! ve y tráeme el visionador. ¡Deprisa!

Erin, respirando aceleradamente, se apresuró a ir a buscar aquel objeto.

—El visor —continuó diciendo Iranis—, nos ayudará a visualizar aquello que queramos.

En ese preciso instante Erin depositaba en mis manos una esfera cristalina, algo pesada pero de tamaño no muy grande.

—Pide a la esfera que te muestre lo que quieres ver, Nortem.

—Bueno, dudo que conmigo sirva de mucho...

—Te ayudaremos, no te preocupes, tú sólo habla a la esfera —Iranis se colocaba ahora detrás de mí con las manos sobre mis hombros.

—¡Muéstrame a Siennah! —la bola comenzó a emitir destellos de luz y yo podía notarlo a través de mis párpados. Iranis me cogió la esfera de las manos y comenzó a relatar lo que veía en ella.

—Una joven, muy hermosa. De cabellos rojizos y

piel blanca como la nieve. Sus ojos son como dos esmeraldas y sus labios rosados como el atardecer de Torkiam.

Debido al temblor de rodillas que experimenté a punto estuve de caerme. Acababa de visualizar en mi mente, casi con total exactitud, cómo era aquella elfa, que me tenía abrumado desde la primera vez que vino a verme en aquella oscura fortaleza.

—Está apresada en una especie de caverna oscura, húmeda. Sus ropas están sucias y algo desgarradas, como si hubiera estado arrastrándose por el suelo. Lleva algo en su muñeca... ¡Tiene la pulsera!

Iranis levantó su voz, emocionada por el descubrimiento. Los elfos y elfas allí reunidos se pusieron también en pie y comenzaron a emitir lo que parecía un cántico agudo pero para nada molesto. Era una melodía armonizada por muchas otras voces que se entrelazaban entre ellas y te embelesaban por completo. Esa música maravillosa me trajo una paz indescriptiblemente apacible. Pero la esfera de cristal emitió un destello más y se apagó por completo. Aquellas hermosas voces se fueron apagando poco a poco hasta quedar sumidas en un absoluto silencio. Yo me sobresalté y quise pedir más explicaciones a Iranis pero Erin ya me había cogido de la mano y me había susurrado que me calmase.

—¡Hay que sacar a Siennah de ese oscuro lugar! No podemos abandonarla a su suerte. Y además, si se enteran de que tiene la pulsera... puede que no viva para contarlo.

—¡Nortem!, debes calmarte... —me sugirió de

nuevo Erin intentando que mostrara más respeto por la profetisa.

—¡No, Erin! el chico tiene razón. Esa muchacha es uno de los nuestros, ha ayudado a que la profecía siguiera adelante liberando a Nortem, y ahora está en posesión de la pulsera. Debemos estructurar un plan para salvarla. Pero aquí hay demasiada gente. Será mejor que os marchéis a dormir. El consejo élfico y yo nos quedaremos para organizar el plan.

—Sí, mi señora —dijeron Troiik y Romak al unísono. Erin se quedó, pues era parte del consejo, y yo me disponía a marcharme cuando Iranis me llamó:

—¡Nortem! tú quédate, muchacho. Nos serás de mucha ayuda.

Y se volvieron a sentar todos, esta vez alrededor de una hoguera que habían encendido, pues ya oscurecía.

—Vaya, Nortem, —me dijo Erin por lo bajo—, parece que le has caído en gracia a la profetisa. No tiene ese trato con todo el mundo, y debes sacar ventaja de ello. Te será de gran ayuda.

—Me siento halagado —contesté medio sonriendo— ¿Crees que de verdad nos ayudará a rescatarla?

—Lo que creo —dijo ella riendo por lo bajo... — es que tienes que contarme muchas cosas, ¿no crees?

Capítulo 18

UNA GRAN PÉRDIDA

El consejo estuvo deliberando unas cuantas horas sobre la pulsera de Siennah, sobre la estrategia para enfrentarnos a Vermella y los suyos, y sobre cómo enfrentar la pérdida de uno de los elfos más fieles y serviciales, que hasta la fecha, había estado de nuestro lado.

Por lo que pude escuchar (pues de muchas cosas ni me enteraba, debido a que los elfos hablan muy rápido y muchas veces en élfico...), Riot iba a ser desterrado del consejo élfico, y por consiguiente, de nuestras tierras, si se demostraba que lo que yo le había contado a Iranis, apenas unas horas antes, era cierto.

—¡Hemos terminado! —concluyó entonces la profetisa—. Debemos volver a nuestros quehaceres pero mañana por la mañana nos reuniremos aquí otra vez los mismos que estamos ahora —dijo Iranis—.

Debemos asimismo ser cautos y no hablar de todo esto con nadie. No queremos que ninguno de los habitantes de Torkiam corra peligro y para eso hemos de ser prudentes.

Me puse en pie mientras los demás hacían lo mismo y se disponían a marcharse, y esperé a que Iranis estuviera libre. Entonces me acerqué sigilosamente y haciendo una pequeña reverencia con la cabeza, afirmé, muy seguro de mi mismo:

—Muchas gracias por confiar en mí, señora. No os defraudaré. Haré honor a la confianza y la responsabilidad que habéis depositado en mí, os seré leal en todo cuanto pueda.

—Nortem —suspiró la profetisa a la vez que colocaba su mano sobre mi hombro—. Eres un muchacho muy valiente y ni tú mismo te das cuenta de hasta cuánto puedes soportar. Eak sabe muy bien a quién escoge para llevar su cometido y estoy segura de que contigo no se ha equivocado. Agradezco tu disposición y tu servicio. Estaremos apoyándote en todo momento, hasta que llegue tu hora...

Entonces se dio la vuelta y se perdió entre los árboles de aquel inmenso bosque. Erin estaba esperándome un poco más atrás de donde yo me encontraba y mientras esperaba a que se acercara para reanudar el camino a mi casa, me quedé pensando en las últimas palabras de Iranis. Había algo demasiado intenso y misterioso en todo aquel tema de la profecía de Eak y mi papel en todo esto, la pulsera...

Todo aquello sobrepasaba mi entendimiento y sabía que tendría que pasar por una serie de cosas que implicarían esfuerzo, valor, soledad, miedo, quizá dolor... todo por salvar a los míos y a Torkiam de la oscuridad de Vermella.

—¿Va todo bien, Nortem? —me preguntó Erin mientras caminábamos por el sendero de vuelta a casa.

—Más de lo mismo. Muchas emociones juntas, mucha confusión y al mismo tiempo mucha expectación.

—No tengas miedo, Nortem. Es lo único que puedo decirte. He divisado toda esta situación y aunque vendrá mucho dolor y sufrimiento, también he visto la luz y la paz que vendrá al final de...

—¿Al final de qué, tía Erin? ¡Habla, por favor!

—Habrá una guerra sangrienta y fría. Se perderán muchas vidas, Nortem. Seres queridos que no volveremos a ver.

—¿Y no hay manera de detener esa guerra? —Ahora sonaba de nuevo asustado, más bien aterrorizado.

—Detenerla no podremos pero depende de nuestro valor y valentía el hecho de que sean menos las pérdidas y el destrozo. Eak está con nosotros, Nortem, ¿recuerdas?

—¿Y por qué no nos libra Él de esa maldita guerra? —sentí una punzada muy profunda en el pecho cuando dije eso. Me hizo sentir muy mal.

—Los propósitos de Eak son inescrutables, Nortem. No podemos entender todo lo que Él hace, ni cómo lo hace. Pero todas las cosas ayudan a bien a los que creen y confían en Él. Aunque no lo veas ahora, lo entenderás después.

Sin sacrificio no hay recompensa y a muchos nos tocará sacrificar cosas, e incluso hasta nuestra propia vida para que el destino sea forjado y otros puedan encontrar la paz y la felicidad. Tu destino, y la manera en que lo acates, salvará muchas vidas, Nortem. Esa es la profecía, ese es tu llamado.

Por fin llegamos a casa y otro cúmulo de emociones me abordaron de repente.

Hacía bastantes días que me habían secuestrado y apartado de mi hogar y de los míos. Volver a encontrarme de nuevo con todo me pilló con la guardia baja. Aun así, tenía tantas ganas de estar de nuevo con mi padre y en mi humilde y tranquila casa, que me armé de valor y una alegría repentina me acogió de pleno. —Creo que te dejaré aquí, Nortem. Nos volveremos a ver mañana...

Erin frenó en seco al llegar casi a la puerta de la casa.

—¿No quieres entrar, tía Erin? —pregunté más que nada por ser cortés, aunque ya conocía la respuesta.

—Querrás estar con tu padre. Hace días que no le ves y él querrá que le pongas al tanto de todo —repuso ella.

—Pero Iranis dijo que... —quise saber.

—Es tu padre, Nortem, creo que debería saberlo... yo te cubriré. Sólo procura no hablar con nadie más.

—Está bien entonces... que duermas bien, tía Erin. Nos veremos mañana.

Me despedí haciendo un gesto con la mano y Erin se marchó. Ahí estaba yo, delante de mi casa, con la mano sujetando el pomo de madera de la puerta y todo en silencio. Me dispuse a abrir la puerta y al entrar pude oler a vela recién apagada. Supuse entonces que mi padre se había ido a dormir así que, sin hacer ruido, y valiéndome de mis dotes de ciego, fui a tientas buscando el sofá.

Palpé el sofá y descubrí que mi padre se había quedado dormido allí. Me senté a su lado con mucho cuidado para no despertarle pero fue inútil, ya que él tenía un sueño muy ligero, lo único que conseguí fue que diera un salto, asustado, y se incorporara de golpe.

—¡Nortem!, ah, eres tú... uno ya no sabe que puede esperar estos días. No consigo pegar ojo sin levantarme sobresaltado.

—Me alegro de volver a casa, padre.

Es lo único que pude decir, y a continuación me lancé a darle un abrazo. Creo que él lo necesitaba tanto como yo.

—Y yo me alegro de que ya estés de vuelta. ¿Has venido tú sólo? Ya hace rato que ha oscurecido.

—Erin me acompañó después de la reunión del consejo —no sé si esta respuesta iba a desencadenar otra conversación diferente.

—Ah, en ese caso... no hay porqué preocuparse.
—Troiik parecía relajado, en ese tema al menos.

—¿Quieres dormir o tienes algo que contarme? —preguntó él de repente.

—No tengo mucho sueño aun. Y Erin me ha dado permiso para ponerte al día de todo lo acontecido. Aunque Iranis nos prohibió a todos el contar nada a nadie, así que tienes que prometerme que serás prudente y cauto.

—No tienes por qué hacerlo, Nortem. No te sientas obligado a...

—No sería justo que te pasara algo por no haber estado informado antes. Eres mi padre.

Y acto seguido, comencé a relatarle los sucesos de los últimos días. Los tratos y estrategias que habíamos pactado en las reuniones del consejo, etc. Hubo alguna que otra broma, cuando apareció en la conversación el tema de Siennah, y a menos que mi cabeza se hubiera imaginado cosas, me pareció que mi padre se paraba de repente y dejaba de hablar.

—¿Qué ocurre, padre?, te has quedado muy callado de repente —me pareció que su silencio intentaba evadir la conversación a toda costa. Algo no me gustaba demasiado.

—Vamos, padre, puedes contármelo. Yo me he sincerado contigo en todo lo que te acabo de contar...

—Kyria está comprometida.

Dejé caer la taza de leche que estaba bebiendo y sentí como aquel líquido se deslizaba por mis pies descalzos. Acto seguido, me dejé caer en el sofá. Esa noticia no debería afectarme en absoluto, pero por alguna razón, lo hizo.

—¿Te encuentras bien, Nortem?—preguntó mi padre mientras me ayudaba a incorporarme.

—¿Tanto ha cambiado todo en tan sólo diez días que he estado ausente? No podía concebir la situación. Así, sin más. No sabía qué decir al respecto.

—Nortem —prosiguió mi padre—, debes entender que la ceremonia de talentos lo cambió todo. Para algunos fue un cambio drástico. Kyria eligió ser...

—¿Inmortal? —le solté así sin más y algo enfadado por no haber podido saberlo yo antes de su propia boca.

—Ella intentó que yo le diera información sobre tu elección pero ni pude, ni supe. Porque a decir verdad no sé qué es lo que tú habrías elegido.

El caso es, Nortem, que ella lo vio claro y ahora es como su madre y como muchos otros. Ha elegido entregar la parte de su Yo humano para encontrarse con su Yo élfico. Y tenemos que respetarlo.

—Pero... ¿Y qué hay de todo lo demás? ¿Cómo... cómo ha sucedido?

Apenas me entendía a mi mismo. ¿Acaso eran celos?, ¿rabia? Yo mismo había estado flirteando días antes con Siennah.

No era justo que me comportara así...

—Ya sabes que Kyria ha tenido siempre muchos pretendientes, Nortem. Y ella pensó que habías huido, o mucho peor, que habías... muerto.

—Ya, pero... ¿diez días? No ha perdido el tiempo... ¿no? es obvio que no me ha echado de menos...

—Tampoco tú has perdido el tiempo, por lo que he podido escuchar.

Me quedé en shock. Cuánta razón tenía. No era quién para reprocharle nada a Kyria.

—Supongo que eso nos deja en el mismo lugar a los dos. Está bien.

Es mejor que me olvide de ella entonces, creo que será lo mejor, pero... ¿crees que podría...?

—Es mejor que no, hijo. Si vuestras vidas no han hallado un destino conjunto será por algo. Manipular este tipo de cosas nunca sale bien, y creo que tú corazón ha sido cautivado por otra elfa, si no me equivoco.

—Yo ni siquiera sé si la quiero, padre. Todo ha pasado muy rápido y...

—Deja que la vida siga su curso, Nortem. Lo que tenga que ser, será, y llamará a tu puerta tarde o temprano.

Y ya no quise hablar más del tema aquella noche.
Me despedí de mi padre con un corto abrazo y una palmada en la espalda y subí a mi habitación, dispuesto a meterme en la cama y zambullirme bajo las sábanas, con la escalofriante idea de que mi corazón había sido víctima de una gran pérdida.

Capítulo 19

EL TRAIDOR

"Uno de los nuestros ha caído. Nos ha traicionado y debe ser castigado. El pueblo élfico se ha visto manchado y perjudicado durante muchos años y nos han sido escondidos el "cómo" y el "porqué". Qué la justicia sea por Eak y para Eak."

—¿Qué es eso que acabas de leer y de dónde lo has sacado? —pregunté a mi padre mientras desayunábamos en la cocina.

—Es un papel que he cogido de la puerta de la panadería esta mañana, cuando fui a por algo para el desayuno.

Están por toda la villa, Nortem. Lleva el sello del consejo élfico y el emblema de Iranis. ¿Tienes idea de a qué se refiere y de quién está hablando, Nortem? —De todas las cosas que le había contado la noche anterior me había dejado una muy importante, una por la que seguramente mi padre se anotaría un punto, pues era algo que él mismo ya había augurado en repetidas ocasiones.

—Se trata de Riot, padre, ¡él es el traidor!

Aunque no podía verle, noté como se quedó paralizado de repente, y hubo un largo silencio que fue interrumpido por el golpe seco que dio con el puño en la mesa.

—¡Ja! —vociferó él medio riendo—, ¿qué os había dicho a todos? sabía que esa sanguijuela élfica no nos traería más que problemas. Tu madre siempre dijo que

216

yo tenía el don de prever las cosas. Me pregunto si Erin...

—¡No, padre! —le interrumpí algo molesto—, déjalo, no la molestes con ese tema. Erin ya lo sabe y estará sufriendo en silencio. Al fin y al cabo, eran del mismo clan, eran como familia.

—¡Menuda familia! que ni siquiera tiene intención de proteger a los suyos y mantenerse leal.

—Es el padre de Siennah —otra vez silencio.

—¿Qué? ¿Qué estás diciendo, Nortem? ¿Es eso cierto? —no dejaba de levantar la voz y hasta los caballos habían empezado a relinchar nerviosos en el jardín.

—Recordarás que te dije que Siennah era hija de Vermella y de un elfo, ¿verdad? intenté explicarle con calma.

—Sí, pero... ¡De ninguna manera, Nortem! ¡Ni se te pase por la cabeza tener nada que ver con esa muchacha! ¿No te das cuenta de que su madre mató a la tuya?

Ahora Troiik se hallaba sumergido en un ataque de ansiedad y pánico recordando todo aquello, y tampoco es que a mí me hiciera mucha gracia recordarlo.

—Pero padre, Siennah es sólo una joven indefensa, víctima de las decisiones de sus padres. ¡Ella no tiene nada que ver!

Ahora era yo el que empezaba a levantar la voz.

—Es inocente, ¡y lo voy a demostrar!

Troiik no supo, o no quiso continuar con la conversación, se levantó y dando un portazo, me dejó allí plantado, terminando mi cuenco de leche y los bollos de crema que él mismo había traído apenas unas horas antes.

Le escuché marchar a lomos de su caballo a toda velocidad y supe entonces que estaba enfadado. Me dije a mí mismo que no era conmigo sino con toda la situación, y funcionó. Me quedé más tranquilo y terminé gustosamente mi desayuno.

Después de desayunar y asearme un poco me armé de valor y decidí ir en busca de Kyria. En lo más profundo de mi corazón sabía que no era una idea muy acertada pero si quería hacer las cosas bien de ahora en adelante, debía al menos sincerarme con ella también, aunque no fuera correspondido.

Me subí a lomos de Polt y lo guié para que me llevara a Torkiam. Polt y yo teníamos una especie de código de señas mediante ruidos y golpecitos de mis botas en su costado con las que mi padre le había adiestrado para que pudiera llevarme a Torkiam y volver.

Yo simplemente tenía que guiarme por el sonido del río para saber si íbamos bien. Me preguntaba muchas veces qué haría yo si a Polt le sucediera algo... si muriera. Adiestrar a un caballo de esa manera llevaba muchos años.

A la entrada de Torkiam ya se podía escuchar el revuelo que había por todas las callejuelas, gente que chismorreaba en voz alta, todos ellos haciendo referencia a los carteles que habían sido colgados y que hablaban de aquel elfo traidor por el que todos sentían gran curiosidad. Grité a alguien que pasaba por allí para ver si me enteraba de algo de lo que allí estaba pasando:

—¡Oiga! ¡Disculpe! ¿Qué es lo que ocurre? ¿Por qué hay tanto revuelo? —me hice un poco el confuso.

—¿Y tú lo preguntas, muchacho? respondió la voz ronca y seca de un hombre—, ¡Todo esto es por tu culpa! ¡Tú y ese misterio de la pulsera vais a traer la ruina a toda la aldea!

Y se fue refunfuñando para sus adentros. Me quedé de piedra. Por lo visto, no sólo el tema de Riot y su traición eran la única comidilla del pueblo.

Las noticias corrían demasiado rápido pero claro, era de esperar, con cientos de nuevos elfos ahora deambulando por Torkiam y la guerra que según Erin se avecinaba, la gente estaba muy alborotada. Ya se empezaba a notar el miedo.

Me acerqué a una de las calles que llevaban al centro de Torkiam donde finalmente pude comprobar de dónde venía todo aquel ruido. La gente se agolpaba y me empujaba a un lado. Alguien dio un salto por detrás y se subió a mi caballo.

—¡Nortem! ¿Has visto que ambiente más festivo tenemos hoy?

—Me alegro de que seas tú, tío Romak, y no alguno de estos enfurruñados Torkiamianos intentando robarme el caballo y expulsarme de la aldea.

—¡Jajaja! —rompió a reír Romak—, vamos muchacho, están tan asustados como tú y como yo, eso es todo—, a mí él no me sonaba muy asustado, pero en fin. —Además, ellos mismos saben todo acerca de la profecía así que ni pueden ni querrán hacerte ningún daño. No te preocupes, en el fondo sienten envidia de lo que eres y serás.

—¿Qué? estoy en la posición más peligrosa en todo esto, tío Romak. ¿Cómo va a querer nadie estar en mi lugar?

De repente sonaron unas cornetas de parte del

Mayor Triker y dos de sus ayudantes. Romak tomó las riendas del caballo y nos condujo hacia una pared para no quedarnos en medio de la calle y ser el centro de atención.

Un elfo muy alto, con el cabello largo y oscuro pero de cara amigable se acercó al Palco y, quitándole la corneta al Mayor y a los suyos, comenzó a recitar a gran voz:

—¡Queridos habitantes de Torkiam! comenzó su discurso—, ¡Os hemos reunido a todos y a todas aquí hoy para decidir el destino de uno de los nuestros! Alguien que ha sido servicial al pueblo de Torkiam pero que ha derrochado su suerte cometiendo una perversa traición: ¡Riot-Alka!

—Romak me iba relatando en voz baja todo lo que sucedía y en ese momento Riot hacía su aparición encapuchado, aunque al instante le descubrieron el rostro y todo Torkiam se unió en un mismo gemido de confusión, enfado y miedo. Detrás de Riot se encontraban dos fuertes elfos, sujetándole uno de cada brazo y detrás de ellos, la profetisa Iranis y Erin. Ambas se encontraban allí en representación del pueblo élfico para mostrar sus condolencias a los habitantes de Torkiam y para controlar mentalmente las reacciones de Riot, de ese modo él no podía escapar ni atacar a nadie.

Las gentes empezaban a amontonarse más y más en torno a aquella plaza central y el elfo de pelo oscuro no tuvo más remedio que seguir con su discurso, para que aquello acabara lo más rápido posible.

—¡Nos han llegado palabras ciertas y de gran valor acerca de ti, Riot-Alka! sobre ciertos asuntos de traición a Torkiam y a la corona real élfica, a la que por cierto pertenecías, Riot,   sobrino de Iranis–Tekma. ¿Es cierto que te has visto envuelto en las oscuras estrategias de Vermella y que has estado trabajando en secreto para ella durante muchos años?

Riot estaba en completo silencio, no parecía querer participar. Entonces Iranis se adelantó hasta donde él estaba y le impuso un hechizo que le produjo un dolor agudo en la cabeza, para de ese modo, hacerle hablar.

La gente empezaba a gritar, algunos motivados por la reacción de Iranis, otros por lo incómoda y difícil de ver que resultaba aquella situación. Algunas madres tapaban el rostro de sus pequeños y se los llevaban de aquel lugar poco apropiado para ellos. Riot cayó de rodillas al suelo, agonizando ante aquel dolor, pero ni aun así habló.

—¡Ya basta! —gritó entonces el Mayor Triker. Parece ser que el traidor no quiere hablar.

Iranis, a pesar de tener mucha más fuerza y poder que el Mayor, pues este era un simple humano, guardaba mucho respeto por las autoridades y accedió a sus palabras. Liberó a Riot de su hechizo pero, arrodillándose a la altura de él, le cogió fuertemente de la cabellera y tirando hacia atrás le dijo:

—¡Hablarás, pedirás perdón al que un día fue tu pueblo y pagarás por cada una de tus malditas fechorías!

Y dicho eso, le empujó fuertemente hacia delante, provocando que se golpeara la frente contra el suelo entarimado en el que se hallaba. Yo estaba absorto y me limitaba a escuchar a Romak, que me estaba relatando todo aquello y mientras jugaba nerviosamente con la correa de Polt. Riot se puso en pie, dejando ver una pequeña brecha en su frente por la que corría bastante sangre pero sonriendo maliciosamente se hizo un conjuro a sí mismo y la herida se cerró al momento.

Los dos elfos que estaban con él le volvieron a sujetar fuertemente por los brazos y se lo llevaron de allí, según mi tío Romak, a la fortaleza de Iranis en los bosques Kiar. Un lugar lo más parecido a una cárcel.

Capítulo 20

¿QUÉ LE VOY A DECIR?

Aquellas gentes seguían gritando, alborotadas por los sucesos que acababan de acontecer, aunque el Mayor Triker había ordenado que todo el mundo volviera a sus tareas cotidianas y a sus casas tranquilamente. Eso no iba a funcionar esta vez, la gente estaba muy asustada ahora puesto que cada cosa que sucedía llevaba a otra peor, y luego a otra, y otra más... haciéndoles pensar que algo aun peor se avecinaba.

El Mayor Triker había sido aconsejado por Iranis y por parte del consejo élfico en que no dijera nada aun sobre los planes de guerra de Vermella. No hasta que estuvieran lo suficientemente preparados como para enfrentarse al asunto. Pero el tiempo apremiaba, la gente estaba cada vez más asustada y desconfiaban unos de otros.

A mí, por ejemplo, muchos no me podían ni ver. Pensaban que yo era el causante de toda aquella desgracia, en cambio otros me hacían preguntas, curiosos, y me animaban a que no tuviera miedo y fuera fuerte. Por mi pueblo, por Torkiam.

Romak decidió que era hora de almorzar, así que nos llevó a los dos a la cantina del pueblo y pidió que nos sentaran en una mesa cerca de la ventana, para así estar más tranquilos. El Cantinero se acercó en seguida a tomar nuestras órdenes y dio un paso atrás cuando me vio, diciendo:

—¡Nortem! tú eres el muchacho de la profecía, tú nos salvarás, estoy seguro. ¿Se sabe ya algo de esa pulsera

223

sanadora?—parecía ansioso por algo.

—La pulsera sólo será útil si la lleva puesta Nortem —dijo entonces Romak algo insolente al notar la intención de aquel hombre, que no cabía ninguna duda de que era conseguir el objeto como fuese.

—Oh, ya veo. Dis... disculpen mi intromisión. Verán, yo...

—¿Necesitas ayuda? —me atreví a preguntar, pues empezaba a sentir algo de pena por aquel hombre.

—Sí. La verdad es que sí. Tengo una hija de siete años que está enferma de los pulmones y a veces le cuesta mucho respirar. Lo pasa muy mal y hay días que ni puede levantarse de la cama.

De repente aquel hombre me cogió la mano como suplicándome y poniéndose de rodillas, me dijo:

—¡Prométeme que vendrás a verla cuando hayas encontrado la pulsera! Tienes que ayudarla, Nortem.

Noté que Romak se levantaba de su asiento para ayudar a aquel hombre a ponerse en pie, a fin de evitar un escándalo público, que era lo que menos necesitábamos ahora mismo.

—¡Tráiganos dos jarras de aguamiel y algo de comer, por favor! —levantó la voz Romak con total normalidad para que nadie sospechara nada.

Aquel hombre desapareció inmediatamente de allí y volvió al instante con lo que le habían pedido.

—Muchas gracias, puedes retirarte —le ordenó Romak.

Aquel hombre se volvió de nuevo hacia donde estábamos y me dijo:

—Muchas gracias, Nortem. Rezaré cada mañana y

cada noche para que Eak te guíe en la búsqueda de esa pulsera.

Y acto seguido se marchó.

—Vas a tener que apuntarte todos los recados porque este no será el último— me dijo Romak con la comida ya en la boca—, la gente está informándose y también sacando conclusiones, y si prometes algo así... en fin, no te dejarán en paz hasta que lo cumplas.

—Pero es que voy a cumplirlo, tío Romak.

–Sé que lo harás. Ahora come, no está nada mal esto, y te vendrá bien. Te noto pálido hoy.

—No, mi palidez no tiene nada que ver con la alimentación. Desgraciadamente... Yo... —quise explicar.

—¿Otro lío de faldas? vaya muchacho, realmente has salido a mí —río de nuevo Romak. Yo quise ignorarle, pero fue difícil.

Romak se quedó a la espera, como siempre esperando a que le contaras las nuevas... Hasta podía intuir que me estaba mirando fijamente.

—¿Tú sabías que Kyria se había comprometido con otro en mi ausencia? —lo solté así, sin más.

—Artos —me contestó él.

—¿Artos? —pregunté confuso.

—Así se llama su elfo enamorado —me dijo con algo de burla infantil.

"Así que con un elfo" —me dije para mis adentros. Por supuesto. Esas criaturas son perfectas, no iban a tener ninguna deficiencia física como... ¿ceguera?.

Sentía curiosidad por saber si ya le conocía de antes o la inmortalidad élfica que corría ahora por sus venas, desde hace escasos días, había acelerado en ella las ganas de encontrar pareja y casarse.

—Nortem, ¿estás bien? —me interrumpió de repente Romak—, es un buen chico.

—¿Esos son los ánimos que me das? le contesté de mala manera y tirando la cuchara con desgana sobre el plato.

—Pero bueno, muchacho, ¿qué maneras son esas de..? Además... ¿no habías conocido tú a alguien en...?

—¡Ya veo que mi padre te ha puesto al tanto! —levanté la voz.

—¿A quién te crees que vino a contarle sus penas todo enfadado ésta mañana? —repuso.

—Y... ¿qué tal se encuentra? —quise saber.

—¿Kyria? —preguntó Romak, confuso.

—¡Mi padre, Romak! ¿De quién estábamos hablando? —a veces me era difícil no enfadarme con su aire juguetón e infantil.

—Tu padre es un hombre manso, aunque a veces estalle de ciertas maneras. Yo creo que ya se le habrá pasado. Pero tienes que entender que es duro para él. No le presiones, ¿quieres? deja que las cosas sigan su curso por sí solas.

Accedí con un gesto de la cabeza, y volví a coger la cuchara y a terminar mi almuerzo, que ya estaba frío.

—¿Qué sabes de la Guerra? porque es inevitable que haya guerra, ¿verdad? —Romak era muy bueno cambiando de tema y esto me sirvió a mi también para pensar en algo realmente importante y serio, por una vez.

—Erin sólo me comentó que se avecina una. Vermella ha agotado ya toda su paciencia y quiere destruir Torkiam y la pulsera. Eso si Siennah no la ha encontrado ya y ha conseguido escapar...

—¿Estás preocupado por ella? —me preguntó Romak, esta vez interesado.

—La verdad, siento mucha paz. Algo me dice que está bien. Aunque por otro lado el no saber nada ni de ella ni de la pulsera, me atormenta un poco.

Hacía días que no había pensado en Siennah y un escalofrío volvió a recorrerme el cuerpo. Me controlé, pues no quería que me inundase otra vez la tristeza.

—Riot tiene que saber algo —dijo entonces Romak muy despierto—.

Estoy seguro de que está en contacto con Vermella de alguna manera, aunque esos elfos y mi hermana le vigilen noche y día.

De hecho, fue gracias a tu información que pudieron arrestarle cuando volvió anoche a los bosques.

—¿Crees que podríamos encontrar la manera de colarnos en la fortaleza de Iranis e ir a buscarle para... dialogar? —pregunté intentando encontrar salida a todo esto.

—¿Sin ser vistos ni interrogados por ningún elfo de los cientos que viven en aquellos bosques? Creo que sería bastante probable que nos pillaran, Nortem. Y con esto quiero decir que a mí podrían dejarme pasar pero sospecharían de un humano.

—¿Incluso si se trata de mí? —por una vez utilicé mi identidad para algo útil—.

Saben que soy como parte del consejo ahora mismo, que estoy en los planes de Iranis y que podría estar dirigiéndome a algún tipo de reunión que tuviéramos allí...

—Vaya, eres bastante listo muchacho, otra cosa heredada de mí.

Y riéndose, me dio una palmada en el hombro y me animó a que me pusiera en pie y nos marcháramos. Habíamos pasado mucho tiempo ya en aquella cantina. Me sujeté a su brazo mientras el se dirigía a pagar al Cantinero.

Justo cuando nos disponíamos a salir de aquel lugar, que ya empezaba a llenarse de gente por la hora que era, Romak me dio un pequeño codazo cuando cruzábamos la puerta y supuse que intentaba advertirme de algo, pero justo cuando iba a abrir la boca para preguntar, escuche un rápido y asombrado:

—¡Nortem! ¿Eres tú? —y se me cayó el corazón al suelo. Creí que lo tenía más o menos superado, pero el hecho de escuchar la voz de Kyria de nuevo y de aquella manera tan repentina... me pilló por sorpresa.

—Ky... Kyria, ¿Qué tal estás?

Eso es todo lo que alcancé a decir. La situación era bastante incómoda y aunque tenía ganas de hablar con ella y poder arreglar todo de una vez, una parte de mí quería salir corriendo, aunque lo más probable es que me acabara chocando con algo o con alguien.

—Yo soy Artos, encantado —dijo una voz algo más grave y masculina a la vez que me tomaba la mano para saludarme—. Soy el prometido de Kyria —como si yo no supiera ya quién era él.

Romak entonces, viendo que la situación estaba bastante tensa, se dirigió al elfo amablemente y empezó a conversar con él. Al parecer, era uno de los altos cargos del ejército real élfico.

—Artos, ¿cómo van los planes de estrategia? ¿Hay algo decidido ya? —y noté cómo sus voces se iban alejando un poco, lo cual quería decir que mi tío me estaba echando una mano, dándome algo de tiempo para estar a solas con Kyria.

—Ahora nos toca a nosotros —comencé yo a decir.

—Siento que las cosas hayan salido así pero es que yo... te di por muerto, ¿sabes?

—Sí, eso ya lo he oído antes. No te preocupes —me sentía engañado y estaba algo descontento pero el sentimiento de enfado se iba disipando poco a poco.

—¿Cómo te encuentras, Kyria? en cuanto a tu nueva vida élfica se refiere, ¿eres feliz? ¿has notado mucho el cambio? Físicamente, emocionalmente, tus fuerzas... etc.

—La verdad es que algo sí. Me siento la misma de siempre, es decir, sé que soy yo, pero soy mucho más fuerte, veloz, tengo ciertos poderes que todavía estoy aprendiendo a canalizar y ahora mismo soy algo más alta que tú —dijo, riendo algo nerviosa.

—¿En serio? Bueno, claro, los elfos siempre han sido conocidos por su altura, entre otras cosas.

Kyria entonces me cogió de la mano y me dijo en un tono dulce y amistoso:

—Es lo mejor, Nortem. De verdad. La vida tiene que seguir su curso, incluso en estos temas. Hace unos cuantos días estaba totalmente asustada con la idea de perderte y de no saber qué elegirías tú en la ceremonia de talentos.

—Eso ya no importa, no tuve mi ceremonia, no tuve elección.

—Lo que quiero decir, Nortem, es que todo pasa por una razón. No todo está dicho aun, pueden cambiar muchas cosas. Y Eak tiene algo para ti mucho más grande de lo que puedas imaginar.

—En eso te doy la razón porque yo también lo creo así —dije mientras soltaba su mano suavemente.

—Sólo deseo que seas feliz, Kyria. Realmente lo mereces —y entonces noté como se acercaba y me plantaba un suave beso en la mejilla.

—¿Vendrás a la boda? quiero decir, tú y tu padre. Aun quedan unos cuantos meses pero me haría mucha ilusión que mi... que mi mejor amigo estuviera en ese día tan especial.

Las palabras *mejor amigo* se clavaron con firmeza en mi corazón y en ese momento desaparecieron todas las dudas y remordimientos que había tenido con respecto a mis sentimientos por ella. Sentí paz de nuevo.

—Por supuesto que iremos. Será un placer acompañarte en el día de tu boda.

Y no nos dio tiempo a charlar mucho más pues Romak y Artos estaban de nuevo con nosotros.

—Romak, Nortem —dijo Artos despidiéndose—, ha sido un placer conoceos. Estoy seguro de que volveremos a encontrarnos.

—Sí, nos veremos pronto —dijo Romak despidiéndose también.

—Adiós, Nortem. Romak... —se despidió también Kyria. Y nosotros nos dirigimos hacia donde estaba amarrado Polt para volver a casa. Quería ver a mi padre, quería disculparme y hacer las paces con él. Quería estar tranquilo por un día al menos y disfrutar de la compañía de mis seres queridos. Quería charlar con Erin también, ponernos al día como hacíamos casi siempre, escuchando sus consejos y sabiduría. Y quería disfrutar de la nueva libertad que acababa de inundarme.

Una cadena que había dejado de pesar y una paz indescriptible que se había adueñado de mí. Como sabía que lo bueno no duraría mucho en aquellos días, quería disfrutar de ello mientras pudiera. Mientras durara...

Capítulo 21

PRIMER ASALTO

—¡Nortem! ¡despierta! ¡Vamos, Nortem!¡no tenemos mucho tiempo! Escuché unos gritos a lo lejos, gritos que sonaban cada vez más cerca, hasta que llegaron a inundar mi cabeza e hicieron que me despertara sobresaltado.

—¿Qué ocurre? ¿Por qué tanto alboroto? —pregunté mientras conseguía descifrar que era Erin la que me estaba sacudiendo para que me despertara.

—Rápido, Nortem. Levántate y ponte esto. ¡Aprisa, tenemos que irnos de aquí inmediatamente!

Me levanté y me vestí sin hacer muchas preguntas, y lo más rápido que pude. Erin me advirtió de que lleváramos ropas negras para escapar sin ser vistos.

Mi padre y Romak también estaban preparados cuando bajé al salón. Erin nos indicó que nos cubriéramos la cabeza con el capuchón de las capas negras y largas que ella misma había confeccionado para nosotros.

Con ayuda de Romak me subí a mi caballo, Polt, que ya empezaba a relinchar algo nervioso. Erin y Troiik se montaron en el caballo de mi padre y juntos, los cuatro, nos dirigimos hacia el bosque, rumbo hacia el norte. Esto último lo supe porque dejamos el ruido del riachuelo detrás. En la dirección opuesta a la que nos dirigíamos.

No sentía aun los rayos del sol penetrar bajo mis párpados, con lo que supuse que aún no había amanecido. Eso, y las vestimentas oscuras que llevábamos, harían que nuestra huída fuera más fácil.

Después de cabalgar unas horas, y con los primeros rayos del sol asomando, Erin decidió parar a descansar y dar de beber a los caballos. Romak me ayudó a bajar. Era extraño y difícil de creer, pero había estado callado durante todo el viaje. Eso me preocupó...

—Descansaremos un rato. Voy a hacer un pequeño fuego para cocinar. ¡Romak, Troiik! id en busca de alguna pieza de caza que nos pueda servir de almuerzo.

Yo me senté en una roca que había allí cerca y como ya no podía más, estallé:

—¿Qué está ocurriendo, tía Erin? ¿Y hacia dónde nos dirigimos? —Erin dudó por un momento si contestarme o no, pero nada más encender el fuego se acercó hasta donde yo estaba y comenzó a hablar:

—Nos han atacado, Nortem. Esta noche, mientras todos dormían. Un ejército de Zutaks ha arrasado la villa y según he podido escuchar, venían en tu búsqueda.

No podía salir de mi asombro. Y pensar que yo quería seguir durmiendo...

—De momento no sabemos quién ha muerto pero sí que ha habido bajas, pues presenciamos alguna con nuestros propios ojos. No hemos podido hacer mucho, pero hemos ayudado a escapar a aquellos y aquellas a los que todavía no habían atacado. Les hemos dado instrucciones para que huyeran a los bosques Kiar. Iranis les dará cobijo y allí estarán a salvo. Han desvalijado cada hogar y cada tienda mientras iban en tu búsqueda.

Vi como apresaban al Mayor Triker y le interrogaban acerca de tu paradero.

También vi cómo lo descuartizaban allí mismo. Ha sido horrible, Nortem. Supongo que han intentado sacarle información acerca de dónde vivías, por eso he vuelto corriendo a despertaos para poder escapar.

Habría intentado luchar contra ellos pero mis poderes no hubieran podido con todo ese ejército. Eran demasiados. Tres o cuatro decenas de esos seres monstruosos.

—Ha empezado la guerra, ¿verdad? me costaba pronunciar aquellas palabras, pues sabía que escondían un significado para nada agradable.

—Me temo que sí —respondió Erin algo triste pero todavía tranquila a pesar de todo—Y no pararán hasta que te encuentren y te destruyan, junto con la pulsera.

—Pero... ¡Yo no tengo la pulsera! —grité algo enfurecido por lo que se me venía encima.

—Ellos creen que sí. Alguien la ha robado y esa amiga tuya, Siennah, ha desaparecido. Por eso te buscan. Además, ya han descubierto que tenemos a Riot apresado. Vermella cree que tú también tienes algo que ver puesto que estuviste encerrado en su fortaleza.

De repente se me iluminó la mente y me sobrevino una pequeña descarga de alegría.

—La tiene ella. ¡Y eso es fantástico! ¿Sabes lo que significa?

—Que vamos en su búsqueda, Nortem.

Siennah estará en algún lugar de estos bosques perdida y sin ayuda.

Debemos encontrarla y darle protección.

Por supuesto, no puse reparo alguno. Tenía

muchísimas ganas de volver a ver a Siennah, y si realmente ella tenía la pulsera, toda esta situación sobre Torkiam y la suerte de Vermella llegaría a su fin. Para siempre.

—¿Hacia dónde nos dirigimos exactamente? —pregunté, intentando atar cabos mientras terminábamos de montar en los caballos y nos dirigíamos en dirección opuesta a Torkiam, hacia las montañas Voar. Son tierras de posesión élfica, al igual que los bosques Kiar, todavía dentro del Reino de Lyoda.

—¿Conoces a aquellas gentes? ¿Son también elfos o humanos? —mi curiosidad iba en aumento.

—Son en su mayoría elfos. Los Voares, que así es como se llaman, son de un clan bastante similar al nuestro, pero sus cabellos son negros como el azabache. Todos ellos tienen el cabello y los ojos oscuros. Viven con los animales. Son una parte muy importante de sus vidas y cultura. Tienen vida y voz propia y pueden hasta tomar cargos en su consejo y ejército. Estos animales son en su mayoría caballos y lobos, aunque también he oído que hay alguna especie aviar entre ellos.

Gozan de gran sabiduría y fuerza, y juntos, animales y elfos Voares, forman un ejército fuerte y numeroso. Nos doblan en número a los elfos del clan de Iranis, y eso nos será de gran ayuda.

—¿Vamos a pedir ayuda a esos elfos? ¿Es eso lo que vamos a hacer? —ahora empezaba a entender un poco mejor las cosas, aunque me quedaba mucho por asimilar.

—Iranis me ordenó que lo hiciera, que os sacara de Torkiam y que hiciéramos lo imposible por encontrar a Siennah.

—¿Qué va a pasar en Torkiam? —me asustaba la idea que yo mismo había dibujado en mi mente.

—Nuestros elfos han estado entrenándose en los bosques Kiar durante algunas semanas. Son unos trescientos elfos y elfas, perfectamente cualificados y preparados para utilizar su fuerza y talentos. Artos, a quien ya has conocido, guiará este ejército. Tenemos en quién confiar, Nortem.

—Pero no sabemos cuantos son ellos, quizá nuestros enemigos sean más.

—Vermella sólo mandó a unas decenas, no parece contar con muchos de esos Zutaks. No obstante, esos seres se reproducen cada vez más rápido y no me extrañaría que Vermella esté buscando también nuevos aliados.

—¿Quién podría querer aliarse a las fuerzas del mal? —pregunté comenzando a sentirme incómodo.

—Estas tierras son muy vastas, Nortem. Torkiam sólo es un pequeño núcleo donde se sucederán muchas batallas hasta que todo esto acabe, pero hay praderas y llanuras que se escapan del territorio élfico-humano y que no sabemos qué seres o criaturas las dominan.

Entre nosotros es fácil reconocernos pues todos llevamos el sello de Eak en nuestro cuello.— Me mostró la parte trasera de su cuello donde se podía ver claramente un árbol blanco del que brotaban unas hojas alargadas y blancas, en relieve, tatuado sobre su piel.

—¡Vaya! —exclamé asombrado—, es precioso. Supongo que yo también debería de tener ese sello, de no ser por...

—Todo a su tiempo, Nortem. Eak no te dejará fuera, eres el ingrediente principal de la profecía. Sólo necesitamos encontrar la pulsera y en cuanto recibas la vista, recibirás también el sello de Eak. Sólo a sus hijos, y a aquellos que hacen el bien, les será asignado.

Quería saber más sobre aquella nueva misión que acabábamos de emprender, más sobre aquel nuevo clan de elfos de cabello oscuro que iban a ser nuestros aliados contra Vermella y los suyos. Y no dejaba de pensar en Siennah.

Esperaba y rezaba con todas mis fuerzas que estuviera bien. Me interrumpió entonces la voz de mi padre, que se acercó y se sentó a mi lado.

—¿Te encuentras bien, Nortem? creo que deberías descansar un poco. Romak y yo hemos estado investigando la zona mientras cazábamos y no hay peligro visible, de momento. Descansaremos unas horas y después retomaremos la marcha.

Casi sin decir una palabra, accedí con un gesto de cabeza y me recosté allí mismo, donde habíamos colocado ya unas mantas y algunas pieles, y me dejé caer en un profundo pero anhelado sueño.

De repente me desperté sobresaltado, en parte por el calor que hacía en aquel lugar y en parte por los ruidos atronadores de las espadas al chocar unas contra otras, y los gritos de personas que morían de manera sangrienta y cruel.

Era un paisaje de lo más aterrador, y me sorprendió que lo estaba contemplando con mis propios ojos...

—¡Nortem!, ¡Nortem, despierta! —alguien me zarandeaba con fuerza y desperté de aquel sueño tan real, tan visible...

—¡No! ¡No puede ser!   —grité asustado y enfurecido a la vez.

—¿Qué has visto, Nortem? ¿Qué estabas soñando? —ahora era Erin la que se dirigía a mí, sujetándome fuertemente por los hombros para que me calmara.

—Bien has dicho, Erin. "Lo he visto". He visto muerte y sangre. Espadas, fuego, dolor...¡Era horrible! y he podido visualizarlo como si pudiera ver realmente.

He visto rostros, que seguramente fueran de personas conocidas aunque no lo sé seguro, pues nunca antes he tenido la capacidad de ver.

—Nortem —dijo ahora Romak con voz serena y tranquila, a la vez que depositaba una jarra de agua en mis manos—definitivamente Eak quiere decirnos algo a través de ti. Te está dando visiones y creo que deberías compartirlas con nosotros. Nos sería de gran ayuda.

—¿Pero... cómo?—preguntó confuso Troiik, que no se apartaba de su hijo ni un momento.

—¿Sabes dibujar, verdad Nortem?—preguntó Romak, casi afirmando— alguna vez has comentado que podías pintar cosas que ni siquiera habías visto, creo que eso servirá.

Acto seguido, Erin se levantó y fue a buscar un cuaderno de campo que tenía en su alforja y que solía utilizar para escribir poesía, anotar las cualidades de cada planta que iba encontrando, etc. Me lo trajo y me dio también unas pinturas que ella misma había diseñado con madera y tintes élficos. Yo cogí con miedo y algo de nerviosismo una de las pinturas y comencé a dibujar en el cuaderno lo que mi mente había visualizado mientras dormía.

Era ya de noche y no había mucha luz, así que Romak encendió una pequeña antorcha casera y se colocó a mi lado para que todos pudieran ver lo que yo dibujaba.

Mi padre fue el primero en emitir un gemido de angustia y horror, seguido de las palabras mal sonantes y justicieras de Romak, y la calma imperturbable de Erin:

—Es lo que me suponía que pasaría —dijo de repente—, Vermella irá a buscar y a doblegar a su voluntad a pueblos de otras llanuras, sobre todo pueblos humanos, que son más débiles y vulnerables, y muchos de ellos morirán al no querer unirse a ella.

—¿Y entonces cómo ganará adeptos, no dándoles opción a elegir? —pregunté yo soltando el dibujo de mis manos, con rabia.

—No le preocupa tanto el número con el que cuente sino el daño que pueda hacernos. Para ella no es más importante una vida que otra. Y créeme que no derramará ni una sola lágrima por ninguno de los suyos, ni siquiera por el mismísimo Riot, si llegara el momento.

Sin embargo, sabe que nosotros sí. Y eso es mucho más triunfo para ella que cualquier otra cosa. Vernos derrotados le encantaría pero vernos sufriendo, destrozados, deprimidos y con tanto dolor, eso le gustaría aún más. Debemos impedir por todos los medios que destruya las vidas de aquellos pueblos y aldeas por los que pase. Por eso tenemos que darnos prisa y dialogar con los Voares. Y después tendremos que desplegarnos en tropas, para llegar a esos lugares antes que ella y conseguir que aquellas gentes tengan al menos la oportunidad de escapar...

—¡Y debe ser ahora!—, dijo Romak poniéndose en pie y recogiendo sus cosas.

Troiik y él cargaron el caballo de mi padre y esta vez yo cabalgué con Erin. Posiblemente iría más seguro con ella.

Cabalgamos durante varias noches. Durante el día parábamos a descansar en alguna cueva, cazábamos y reponíamos fuerzas. Todo ello con suma prudencia, para no ser vistos.

Era de noche otra vez. Todo estaba en silencio. Sólo se escuchaban, de vez en cuando, las órdenes que Erin le daba a Romak, supongo que para seguir una dirección u otra, no entendía bien, pues se comunicaban en la lengua de los elfos.

Pude oír un par de riachuelos, algunas aves nocturnas y el viento suave pero frío sacudir las hojas de aquellos árboles que nos rodeaban. Erin ordenó de repente que nos detuviéramos.

Ésta vez habló en el idioma humano. Se bajó del caballo pero justo al poner los dos pies en el suelo alguien le apresó por detrás y le tapó la boca. Noté como Troiik y Romak se bajaban de su caballo e intentaban acudir en su ayuda pero alguien les frenaba a ellos también.

—¡Kiar Apta! —dijo uno de ellos, y por cómo sonaba su lengua debía de ser también un elfo. Erin debió de soltarse porque consiguió hablar de repente:

—¡Kiar Apta! —respondió ella—. Somos del clan de Iranis, la profetisa. Yo soy Erin, y estos son mi hermano Romak, mi cuñado Troiik, y su hijo Nortem.

—¿Humanos? —preguntó aquel ser algo sorprendido al vernos a mi padre y a mí.

—Sí. Están con nosotros. Son familiares.

—Sois de Torkiam, ¿verdad? —me sorprendió, no sé si para bien o para mal, el hecho de que conocieran

240

nuestra tierra. Debió de ser la única que accedió a la unión entre elfos y humanos.

—Así es —continuaba asintiendo Erin—. Si estáis al día en cuanto a los sucesos, no será necesario explicaos nuestra repentina visita, ¿verdad?

—No. Al menos aquí fuera. Sed Bienvenidos a las montañas Voar —dijo aquel elfo de voz profunda y firme.

Erin volvió a subirse al caballo y acto seguido lo hicieron también Romak y Troiik. Caminamos un rato más, adentrándonos en un bosque aún más denso y con un profundo olor a pino y a algún tipo de planta rara que yo desconocía pero que no era del todo desagradable. Era un olor que te envolvía y te relajaba en cierto modo. Como si quisiera...

—¡No respiréis! —dijo entonces Erin—. Es *Alutra*. Se utiliza para anestesiar a personas y animales y es común en esta zona porque es fría, y protege a su vez del enemigo, si este se acerca.

Nos limitamos a cubrirnos la boca y la nariz e intentar no inspirar aquel aire cargado.

—Soy inmune a casi todas las plantas con poderes especiales. Todas menos una.

Pero jamás he revelado cual, me pondría en grave peligro. Por suerte, no he visto jamás esa especie y no crece por nuestros alrededores.

Me quedé realmente sorprendido e intrigado ante aquellas últimas palabras. Saber que hay un tipo de planta que puede matarte y no la has visto jamás... y aún así, escuchar a Erin hablar con aquella calma.

Su carácter me desafiaba en gran manera. Ojalá yo tuviese su fuerza y su sabiduría en muchas ocasiones.

Llegamos por fin a un espacio más abierto y podría asegurar también que de mayor altitud pues el aire se hacía más difícil de respirar y era de un frío gélido y abrumador.

—Nos bajamos aquí —dijo aquel elfo Voar—. Mis ayudantes se encargarán de guardar a los caballos y darles de comer y beber. Venid por aquí, por favor...

Y seguimos a aquel elfo, que aún no había tenido la educación de presentarse, como si nos fuera la vida en ello. Yo me agarré al brazo de Erin y me limité a seguir sus pasos. Troiik y Romak venían detrás.

Entramos en una especie de fortaleza, según me iba relatando Troiik por detrás, de altos muros de ladrillo gris, con grandes ventanales y cristaleras de color azul que tenían forma de grandes mosaicos, los cuales representaban la cultura y el arte de aquellos elfos, los Voares.

La fortaleza estaba sujeta por cuatro torres altas que terminaban en agujas finas de cristal fabricado por elfos.

Subimos unas largas escaleras de caracol y la luz se fue volviendo más intensa, según podía vislumbrar a través de mis párpados. Supongo que eran velas y antorchas pues aún no era de día.

Entramos por fin en una sala amplia donde el eco de nuestros pasos resonaba con gran intensidad, y nos hicieron sentar en una especie de pequeños tronos. Muy cómodos, a decir verdad, especialmente después de haber estado viajando tanto tiempo. En el centro había una mesa grande de cristal ovalado repleta de comida. El olor que desprendía la comida estuvo a punto de hacerme desmayar, así de hambriento estaba yo.

—Comed y bebed cuanto necesitéis. —repuso aquel elfo con un tono algo más amable—. Yo iré a avisar al consejo Voar de que habéis llegado.

Todos asentimos con la cabeza y después de que aquellos elfos salieran de la sala y cerraran la puerta hubo un corto silencio seguido de un mover de sillas y pasos rápidos hacia la mesa. Estábamos todos muertos de hambre. Incluso Erin, que no fue tan descarada, también se acercó y comió con nosotros.

Aquel festín fue maravilloso. Justo lo que necesitábamos pero no duró mucho.

Olvidé lo rápido que son los elfos, y en sólo unos momentos el consejo Voar ya estaba de vuelta. Solté el trozo de carne que tenía entre mis manos con rabia y me volví a sentar en mi silla. Me limpié la grasa de las manos y la cara, mientras el resto hacía lo mismo.

—¡Su Majestad el Rey Koa, Rey de los Voares!

Se oyeron los pasos de alguien que entraba en la sala, seguido por numerosos elfos que debían ser de la guardia real Voar.

Romak se había sentado ahora cerca de mí y me relataba por lo bajo todo lo que iba sucediendo. Un elfo alto de cabello largo y muy oscuro, de tez blanca como la nieve, rasgos muy pronunciados y ojos también oscuros, se quedó de pie justo delante de nosotros. Seguido de otros cuatro elfos, de aspecto parecido pero de complexión algo menos esbelta.

Los cinco iban vestidos de negro, con unas botas oscuras hasta las rodillas, unos jubones de cuero negro y un pequeño cinturón plateado en sus cinturas. El del Rey era blanco y este poseía además una cinta blanca que le rodeaba la frente, como una diadema real que tenía inscritas las palabras: *"De mi pueblo y para mi pueblo"*, en élfico, por supuesto.

Justo detrás de sus caballeros élficos se habían colocado dos caballos blancos grandes y musculosos y dos lobos negros, casi tan altos como los propios elfos y de una magnitud y fiereza que aterraban.

Por último entró en la sala un águila real de color púrpura y ojos amarillos como el sol y fue a posarse en el brazo izquierdo del Rey Koa.

—¡Poneos en pie! —gritó entonces aquel pájaro, en un tono tan agudo que todos nosotros tuvimos que cubrirnos los oídos. Accedimos a la orden casi sin pensarlo y nos quedamos quietos en el sitio, de pie, esperando las nuevas órdenes de aquel animal.

—He sido informada de que provenís de tierras lejanas, del clan de Iranis- Tekma y que venís en busca de ayuda. ¡Explicaos!

Erin fue la primera que se atrevió a dar un paso al frente.

—En efecto, su majestad —dijo ell haciendo una pequeña reverencia—. Como bien sabréis, Torkiam ha sido arrasada por un ejército de Zutaks al servicio de Vermella. Nos han declarado la guerra.

—¿Y eso tiene algo que ver con el posible hallazgo de la pulsera de bronce? —los ojos de aquel águila se tornaron rojos en aquel momento, mientras miraba fijamente a Erin, esperando su respuesta. Romak seguía siendo fiel en ayudarme a visualizar todo lo que allí pasaba y le estaba enormemente agradecido.

—Sí, su Majestad. Se cree que la pulsera ha sido

hallada en la fortaleza de Vermella.

En ese momento, Erin dio unos pasos hasta donde yo estaba, y tomándome del brazo, me hizo pasar al frente.

—Este es Nortem —dijo con solemnidad.

—¿El muchacho de la profecía?—preguntó entonces el Rey Koa, con su voz autoritaria y firme. Erin se giró para mirarle ahora a él y contestó:

—Sí, alteza. Él estuvo apresado en la fortaleza de Vermella hace unas semanas.

Allí conoció a una elfa llamada Siennah, que le ayudó a escapar, y se dice ahora que ella encontró la pulsera y que ha huido a los bosques a pedir ayuda. Pero nos han atacado, van en busca de Nortem, y por supuesto de la pulsera.

Entonces el Rey Koa dio un paso al frente y colocando su mano en mis ojos, preguntó:

—¿El muchacho es ciego? ¿Cómo es posible a estas alturas? ¿No debería...?
su tono se iba ensombreciendo y poniendo más serio.

—Le apresaron justo el día de nuestra ceremonia de talentos, su alteza. No tuvo oportunidad alguna de pronunciar su elección. Aun así, Alteza, no habría funcionado con él.

Necesita la pulsera, es de vital importancia que la lleve puesta para que le sea devuelta la vista.

Erin se había explicado perfectamente. Otra vez.

—Entiendo —repuso ahora el Rey.

¡No debéis abandonar nuestra fortaleza hasta que hayamos organizado un plan de estrategia!

Todo este asunto nos concierne a todos ahora y el muchacho es el centro de la profecía. Haremos lo posible para mantenerle a salvo, y a su vez, os ayudaremos a buscar a esa elfa y a la pulsera.

Desplegaré mi ejército, junto con algunos de nuestros lobos y caballos y daré la orden de que vayan a registrar la zona de Torkiam y veremos qué pueden averiguar. El resto irá en busca de la pulsera. Mientras tanto, Erin, esta es vuestra casa. Ordenaré que preparen vuestros aposentos para que podáis descansar. Al mediodía me reuniré de nuevo con vosotros.

Y dicho eso, hizo una reverencia, tomó la mano de Erin, la besó y dando media vuelta, se marchó. A continuación salieron los cuatro caballeros de la guardia, los dos caballos y los dos lobos negros. Al poco apareció una elfa,
también de cabellos y ropas oscuras, que nos invitó a seguirla y nos acompañó a nuestros aposentos.

Romak y mi padre compartían uno, yo tuve el mío propio y Erin también. Troiik me acompañó al mío y se aseguró de que me adaptara a él, a donde estaba cada cosa, etc.

—Por la mañana vendré a buscarte, ahora intenta dormir un rato. No sabemos si en estos días tan ajetreados tendremos la oportunidad de descansar más a menudo.

Hice caso a las palabras de mi padre y quitándome la camisa y las botas, me tumbé en la cama y no tardé nada en quedarme dormido.

Capítulo 22

EN SU BÚSQUEDA

Acababa de salir el sol y Troiik ya había venido a buscarme, como bien había prometido la noche anterior.

—¡Buenos días, padre! —dije incorporándome casi de un salto, pues estaba más que despierto.

—Ponte en pie, Nortem. El consejo Voar va a volver a reunirse esta mañana, en la misma sala de ayer. Erin acaba de avisarme.

Hice caso de lo que me pedía y quizá, queriendo romper un poco la tensión de aquellos días, o simplemente porque hacía ya tiempo que no me metía con él, le pregunté, casi bromeando:

—Ya veo que has amanecido de buen humor como para ir a verla.

Mi padre hizo un gesto y un pequeño ruido para que bajara la voz pero se le escapó la misma risa nerviosa que a mí.

—¿Y qué quieres que te diga, hijo? No es fácil cortejar a una dama en estos tiempos. Hace muchos días ya que no encontramos un momento a solas para simplemente charlar. Solamente he bajado a la cocina y he cogido algo de desayuno para llevárselo.

—¿Y? —pregunté curioso—. ¿Ha habido suerte?

—Ha abierto la puerta y en cuanto me ha visto con la comida en las manos se ha echado a reír, un poco confusa, pero no ha tardado en coger los alimentos y cerrar la puerta con un pequeño: "gracias".

—Vaya... ¡en fin!, no hay por qué preocuparse. Ya sabes cómo es Erin para estas cosas. Bueno, y para casi todo, prudente... cauta... silenciosa...

— ...Misteriosa... —Troiik quiso seguir la interminable lista de adjetivos que se me ocurrían para Erin pero se quedó en blanco y a los pocos segundos los dos nos echamos a reír.

—Anda, démonos prisa y bajemos a la sala Real a reunirnos con el consejo.

Deben de estar esperándonos.

Terminé de abrocharme los botones de la camisa y revolviéndome un poco el pelo, algo largo ya, salimos de mi aposento escaleras abajo en busca de todos aquellos nuevos seres que habíamos conocido apenas medio día antes.

Al llegar a la puerta un grato olor a comida y a fruta fresca me desbordaron por completo. Troiik me guió para que me sentara en una de esas magníficas tronas, cómodas y espaciosas, donde para uno era muy fácil quedarse dormido.

Erin y Romak ya habían llegado y algunos de los elfos sirvientes de los Voares estaban allí haciéndose cargo de los últimos detalles de la mesa. Una mesa cargada de nuevo con deliciosos manjares y mucha fruta fresca. Aguamiel por doquier y algún que otro pastel y tarta dulce. Mientras Troiik, que estaba a mi lado, me iba relatando todo eso, a mí se me hacía la boca agua y esperaba ansiosamente a que alguien nos diera luz verde para catar aquellas delicias.

—¡Buenos días, mis queridos huéspedes!

De nuevo los dos caballos blancos y lustrosos hacían su aparición en la sala, cantando al unísono todo aquello que decían.

¿Habéis descansado bien? —volvieron a recitar, dejándonos asombrados una vez más como todo lo que había en aquel lugar; Y al final tuvo que ser Erin la que, con educación y calma, respondiera:

—Sin ningún problema, eminencias. Estamos gratamente agradecidos por su hospitalidad —Erin siempre sabía cómo hablar representándonos a todos y lo hacía de una manera elegante y prudente. También admiraba esto de ella...

Los caballos blancos se hicieron a un lado y se fueron a colocar al extremo norte de la mesa. Acto seguido, nos hicieron un gesto con la cabeza para que los acompañáramos. Cuando Troiik me dijo esto, mi estómago volvió a sonar, como si supiera que ya se acercaba el momento de probar bocado. Todos empezaron a comer, podía oír el ruido de los cubiertos chocando entre sí y contra las fuentes de comida, el roce de los cristales de las copas, etc. Me aproximé como pude a coger algo de fruta y con la ayuda de Romak, que estaba a mi lado izquierdo, pude llenarme un plato entero de las más frescas, jugosas y exóticas frutas que allí se había.

Quizá debería coger fuerzas comiendo algo de carne pero mi cuerpo entero me pedía otro tipo de nutrientes, y mucha agua, así que opté por la fruta.

Cuando llevábamos ya un rato comiendo en silencio (ni siquiera los caballos nos molestaban mientras ellos mismos desayunaban) sonó la puerta de la sala y dos lobos negros, los mismos de la noche anterior, entraron y se dirigieron hacia la mesa. Noté cómo uno de ellos pasaba muy cerca de mí pues pude sentir su pelaje espeso y suave acariciar mi brazo, y percibí al instante como una descarga eléctrica que hizo que me sacudiera en el sitio y que se me cayera la pieza de fruta que tenía en la mano. El otro lobo, que se había colocado en frente de este, dijo con voz profunda y algo ronca:

—Ese es el muchacho, sin duda.

—¡Vamos, vamos, camaradas!—relincharon al unísono los caballos—. Si queríais saber su identidad sólo teníais que haberlo preguntado. El muchacho es un invitado y hay que tratarlo como tal.

Yo estaba como fuera de lugar. En primer lugar por la descarga eléctrica sobre mi cuerpo, la cual me había dejado un poco mareado, y en segundo lugar por la cantidad de cosas raras y nuevas que estaba conociendo en aquel misterioso lugar. La sala no tardó mucho en llenarse aun más, pues cuatro elfos Voares y Koa, el Rey, volvieron a entrar de la misma manera que lo hicieran la noche anterior.

Se dirigieron a sus tronos especiales y como si nada, comenzaron también a comer y a beber.

—La educación y la cortesía en este lugar brillan por su ausencia —me dijo entonces Romak por lo bajo. Una pequeña y afilada daga pasó entonces justo al lado de mi mejilla y fue a parar a la mano de Romak, quién, con un rápido acto reflejo, había conseguido pararla, sujetándola por el mango de cuero.

—¡No nos infravalores, elfo insolente! o no conseguirás nada de lo que has venido a buscar aquí, —dijo entonces uno de los elfos de la guardia del Rey. Me pareció también que los caballos emitían una especie de risa, lo cual no debería sorprenderme en aquel extraño lugar.

—Disculpad a mis caballeros —se disculpó entonces el Rey, que, según Romak, no dejaba de mirar a Erin con una sonrisa algo pícara en el rostro—. Será mejor que comencemos con el plan de estrategia para la búsqueda de la pulsera y de esa elfa amiga vuestra... ¿tiene algún nombre la joven?

—¡Siennah! Se llama Siennah, mi señor —dije bajando un poco el volumen de mi voz, pues había sonado un poco fuera de control.

—¿Y tu nombre es...? —volvió a preguntar el Rey.

—Me llamo Nortem, su Majestad —era raro y a la vez emocionante el saber que por primera vez en mi vida me estaba dirigiendo a un rey.

—Tú estabas con esa elfa cuando te retuvieron en la fortaleza de Vermella secuestrado, ¿verdad? —se atrevió a decir, sabiendo de lo que hablaba.

—Sí, su Majestad. Siennah vino en varias ocasiones a traerme comida a mis aposentos, nos hicimos amigos y hablamos de ir en búsqueda de la pulsera.

Hicimos un par de intentos pero aquella fortaleza es un lugar horrible y muy peligroso, además de gigantesco. Mi ceguera tampoco era de gran ayuda y ralentizaba bastante nuestra misión.

Fue entonces cuando mi padre y mi tío Romak vinieron y me rescataron. Siennah dijo que se reuniría con nosotros en los bosques Kiar una vez hubiera conseguido robar la pulsera, pero no volvimos a verla.

La pena y el agobio me abordaron entonces. Ese día estaba grabado en mí de una forma clara pero no me hacía bien el recordarlo.

—Las últimas noticias que hemos recibido —prosiguió el Rey entonces—, nos cuentan que Siennah consiguió huir de la fortaleza de Vermella y que la pulsera ha sido robada. Podría ser una coincidencia pero si es ella quien la tiene debemos encontrarla y debemos hacerlo pronto. Cien miembros de mi ejército partirán al mediodía para ir en su búsqueda. Romak, tú irás con ellos. Eres rápido y audaz, les serás de gran ayuda.

—¡Será un placer, su Majestad! además...

—¡Estarás a las órdenes de mis guardias! ¿entendido? —el ego de Romak debió de quedar por los suelos en ese momento, al no poder ser él el cabecilla de la expedición.

—Ordenaré que te equipen con el uniforme militar de nuestra guardia real. Será menos peligroso para ti si vas vestido igual que el resto.

—Sí, su Majestad. —respondió Romak y me dio un codazo por debajo, soltando una pequeña risita, para hacerme saber cuán emocionado estaba por ser parte de aquella nueva aventura.

—Por otra parte... —volvió el Rey al tema en cuestión— otros trescientos miembros de mi ejército emprenderán un viaje a la aldea de Torkiam. Erin, tú irás con ellos y estarás al mando de todo lo que pase y tenga que pasar.

Noté como Romak se revolvía en la silla algo celoso por el cargo que acababa de recibir su hermana.

—Debéis ir a dialogar con Iranis y con todo su clan y presentarles nuestro plan de guerra contra Vermella. Decidle que estamos dispuestos a ofrecer nuestra ayuda, en honor al pueblo élfico, y que daremos también protección a los humanos, si así lo desean. Averiguad cómo están las cosas por allí y enviad noticias lo antes posible. Si necesitarais refuerzos, los mandaremos.

—No dudéis en que mostraremos nuestro

continuo agradecimiento, Majestad.

Erin se puso en pie y después de dar las gracias, se marchó de la sala para ir a prepararse.

—¡Nortem, Troiik! —nos llamó entonces el Rey—, vosotros os quedaréis en palacio. Será lo más conveniente. Recibiréis instrucción militar cada día y seréis formados en las artes y maneras de los Voares.

No sabía por qué pero creo que me esperaban unos días o semanas largas y de mucho cansancio físico.

—Y nosotros accederemos gustosamente, su Majestad.

Yo también me puse en pie y sujetándome del brazo de Troiik, hice una reverencia y nos dispusimos a dejar la sala en orden para ir a recibir nuestra primera clase de lucha élfica.

—Recordad que estáis en vuestra casa, cualquier cosa, venid a verme.

Y el Rey también se puso en pie y seguido por los cuatro elfos de su guardia real, salió de la sala a paso ágil y veloz, algo propio de los elfos. Los dos caballos blancos hicieron lo mismo y riendo amigablemente, se fueron por donde habían venido. Los lobos se acercaron a nosotros sin mostrar ninguna señal de afecto y el mismo lobo que me había rozado antes volvió a pasar a mi lado y esta vez habló:

—Os estaremos vigilando. —Y se marchó, seguido del otro lobo.

—No me inspiran ninguna confianza, padre.

—A mí tampoco me gustan, al menos no su

comportamiento pero tienes que entender que son lobos, no deberían comportarse de un modo diferente.

Podemos dar gracias a que no hemos sido su desayuno.

Y soltando una fuerte carcajada me cogió del hombro y nos pusimos en camino, adonde fuera que tuviéramos que ir ahora. Romak se despidió tan emocionado por su nueva misión que apenas pudimos verle de lo rápido que salió de la sala.

Los días postreros a aquella reunión con el consejo Voar fueron largos y pesados pero sabíamos, en lo más profundo de nuestro ser, que darían su fruto tarde o temprano. Dos elfos jóvenes, más o menos de mi edad, llamados Aka y Tir, nos acompañaban cada mañana a la sala de entrenamiento militar. Dicha instrucción nos llevaba muchas horas cada día y tanto Troiik como yo poníamos todo nuestro empeño y fuerzas físicas en absorber toda aquella información, todas aquellas poses y formas de lucha.

Conmigo tuvieron que dedicar un tiempo extra cada día pues mi ceguera complicaba las cosas, pero jamás se rindieron conmigo. Eso me inspiraba gran motivación. Aquellas gentes creían en mí y Aka me había comentado en alguna ocasión que en mi estado no me sería de mucha ayuda el luchar pero que Koa les había dado instrucciones muy firmes en cuanto a que me entrenaran a mi también.

Tenían fe en que encontraríamos la pulsera antes de batallar contra Vermella y entonces sí sería capaz de luchar.

Pasaron unos cuantos días así, a ese ritmo desmesurado de madrugar, escuchar a los hermanos Aka y Tir darnos algunas clases teóricas sobre cómo blandir una espada élfica, cómo caminar por los bosques sin que nadie pudiera oírnos, cómo atacar de frente y por la espalda al enemigo, etc.

A decir verdad, Troiik estaba disfrutándolo mucho más, pero era lógico, no iba dando "pasos de ciego" como yo y se sentía mucho más seguro y preparado incluso desde el primer día. Aun así fui responsable con mi tarea y me esforcé al máximo para conseguir todo aquello que se esperaba de mí.

Aprendimos también gran parte del vocabulario élfico, así como el dialecto de los Voares, que nos serviría de gran ayuda en pleno campo de batalla. Las noches estaban dedicadas a reunirnos con todos aquellos elfos que volvían de la expedición más cercana, la de la búsqueda de la pulsera. Nos sentábamos en un gran salón repleto de mesas ovaladas llenas de comida. Era maravilloso. Jamás podría estar lo suficientemente agradecido a aquel clan de elfos serios y fuertes, pero en definitiva, generosos.

Una noche, mientras Troiik y yo estábamos ya cenando, entraron por la puerta diez miembros de la guardia real y los dos lobos negros, como de costumbre poniendo toda su atención sobre nosotros.

Uno de los elfos, el que estaba situado detrás del todo, traía a alguien en sus brazos y Troiik me lo hizo saber en cuanto vio la escena con sus propios ojos. Solté el tenedor y el plato de comida que tenía en mis manos y me puse en pie, sujetándome como pude.

—¡La hemos encontrado! —gritó entonces uno de los elfos de la guardia real—. ¿Es esta la muchacha elfa que estamos buscando? —Yo me agarré con fuerza al brazo de Troiik y este me alentó para que me calmara. Depositaron a la elfa encima de la mesa mientras apartaban toda aquella comida para hacerle sitio.

—Tal y como la describió Romak —dijo Troiik—, debería ser ella. Cabellos rojizos, piel blanca como la nieve, labios y mejillas rosadas...

—¡Es ella, padre! ¡Es Siennah! —y tanteando el borde de la mesa, me acerqué a ella tan deprisa como pude. Busqué su mano y cogiéndola, como en un acto de necesidad, la apreté contra mi pecho, que empezó a latir sin control.

—Sé que es ella... —volví a repetir, deseando que no estuviera herida o...

—La hemos encontrado a punto de cruzar la frontera con los bosques Kiar.

Sus huellas mostraban que llevaba días vagando por aquella zona, o bien buscando algo o a alguien o bien perdida. No está herida, al menos visiblemente, pero ha entrado en un estado de coma de protección. Sólo algunos elfos poseen este don y sólo saldrá de ese estado si siente que no corre peligro alguno.

Me aproximé a tocar su frente y descubrí que estaba sudando y muy caliente. Se la llevaron a uno de los aposentos y escuché cómo ordenaban ir a buscar a tres doncellas elfas de la corte a atender y cuidar de ella. Los elfos eran seres muy extraños en muchas de sus costumbres pero jamás había conocido un clan donde apenas hubiera mujeres o que las tuvieran escondidas, si era ese el caso...

De repente volví en mí al centro de toda esta historia y se me ocurrió preguntar por la pulsera, pero no hizo falta. Alguien ya había reparado en ello.

—También hemos encontrado esto —dijo uno de los lobos acercándose a nosotros. Aquel lobo volvió a rozarme con su pelaje pero una vez más no me causó ningún efecto.

—¿Es eso lo que creo que es? —exclamó Troiik nervioso pero con un hilo de esperanza en su voz. Y cogiendo aquel objeto, lo levantó en el aire y gritó:

—¡Es la pulsera, Nortem! ¡La han encontrado! —yo sentí entonces que me temblaban las piernas de un modo espantoso y me empecé a reír de un modo aún más nervioso, y al escucharme me sentí hasta ridículo pero no me importó. Algo estaba cambiando, de hecho, algo había cambiado ya, sólo con el hallazgo de aquella pulsera. No veía el momento en que...

—¡Ven aquí, Nortem! vamos a acabar con esto de una vez por todas, ya has esperado demasiado.

Y acto seguido, Troiik me cogió del brazo, y colocó la pulsera en mi muñeca. Todos allí emitieron un grito con una mezcla entre júbilo y expectación pero yo no noté nada. Absolutamente nada.

—¡Es inútil! —gritó entonces uno de los lobos. No entendía por qué siempre eran o tan silenciosos, o tomaban una actitud tan seria y a veces aterradora.

—La pulsera no funcionará así como así. La profecía dice que aquel que encontrare la pulsera deberá ser quien la lleve hasta su portador y será él o ella quien se la coloque. De otra manera, no funcionará.

Me quedé cabizbajo, pensando de nuevo si esto no sería otra broma del destino, y recé para mis adentros que Siennah despertara pronto y una vez más viniera a salvarme la vida...

Capítulo 23

GUERRA Y MUERTE

Aquella mañana no tuve que despertarme porque apenas había podido pegar ojo. Había sido una larga noche y me sentía cansado y con el alma por los suelos. Aun así, decidí ponerme en pie y tocar la campana para que me prepararan un baño. Realmente lo necesitaba.

Una joven elfa entró en la habitación y muy amablemente me preparó el baño, depositó unas toallas blancas encima de mi tocador y acto seguido se marchó, cerrando la puerta tras de sí. Me quité la ropa y sin pensármelo dos veces me metí en aquella pila de agua caliente, que me hizo sentir muy bien. Me tumbé en el agua y me sumergí por completo para que el agua cubriera todo mi cuerpo. Si hubiese podido elegir qué hacer, no habría salido de allí en días. Aquella joven elfa había dejado también una pastilla de jabón de romero junto a las toallas, así que me serví de ella para enjabonarme el cuerpo y el cabello.

Ya me había aclarado por completo y me disponía a salir del agua cuando alguien llamó a la puerta, y como por acto reflejo, me senté de nuevo. Supuse que era Troiik así que le invité a que pasara, pero una voz diferente a la suya me dio los buenos días:

—¡Es un placer volver a verte, Nortem!—la voz familiar y deseada que no había parado de rondar por mi cabeza aquellos días estaba allí, delante de mí, y yo estaba desnudo, debajo del agua, y sin saber hasta dónde podría ella alcanzar a ver. Qué desastre.

—¿Siennah? ¡Estás viva! —exclamé, a la vez que luchaba con las ganas de salir a abrazarla, y poder tapar mi desnudez.

—Por supuesto, ¿qué esperabas? sólo estaba en coma... por cierto, no te preocupes, con la de espuma que llevas encima apenas alcanzo a verte.

Un escalofrío me recorrió todo el cuerpo al saber que, definitivamente sí había estado observándome. Sentí como me ardía la cara de la vergüenza.

—¿Te importaría...? —dije haciéndole un gesto para que se girara.

—Sí, cómo no. Me daré la vuelta para que puedas salir y cubrirte.

Y así lo hice. Era increíble cómo los elfos tenían esa capacidad de no sonrojarse ni avergonzarse por este tipo de cosas como hacíamos los... semi-humanos.

Cuando me hube secado por completo le pedí que aguardara unos minutos más mientras me vestía, y en cuanto estuve listo, y ya con más seguridad sobre mí mismo, le saludé en condiciones.

Me di cuenta de que ella también tenía ganas de verme pues no tuve que hacer tanteando todo el recorrido hacia donde ella estaba; Se acercó a mí y entonces la elevé en el aire y la estreché fuertemente. Más como si fuera una hermana pero fue lo que creí más conveniente en ese momento.

Siennah rió con una de esas carcajadas que quitan a uno el aliento y cuando la deposité en el suelo, comenzó a hablar.

—He oído lo que sucedió anoche con la pulsera. Lo siento mucho, Nortem. Debiste quedarte muy triste.

—Nada que no se pueda arreglar– repuse, sabiendo que el final de toda aquella situación estaba muy cerca y feliz por encima de todo porque ella estaba ahí, conmigo.

—Así que... —prosiguió—, se supone que soy yo quien debo ponerte la pulsera, ya que he sido la que la ha encontrado. ¿No es así?

Me acerqué más a ella y casi por impulso, rodeé su cintura con mis brazos y dije acercándome aún más:

—Será el destino.

Y todavía me acerqué un poquito más, si cabe, pero alguien nos interrumpió en ese momento entrando a toda prisa en mis aposentos.

—¡Oh, cielos, lo... lo siento! —exclamó Troiik algo avergonzado y sin saber si entrar o salir de la sala.

—No te preocupes, Troiik —quise romper el hielo—. Ya bajábamos a desayunar.

Mi padre esperó a que saliéramos de la habitación y dándole una palmada en la espalda a Siennah, dijo:

—Me alegro de que estés bien. Yo soy Troiik.

—Sí, ya me lo suponía —dijo ella amablemente. Y bajamos a desayunar y a escuchar la nuevas que nos traería aquel nuevo día.

Entramos los tres en la sala, la misma donde nos habíamos reunido las últimas veces, y todo estaba ya dispuesto en aquella mesa de cristal ovalada. Aquellos elfos no habían reparado en gastos. Había de todo. Manjares salados y dulces. Frutas y pasteles. Aguamiel, vinos, etc. Sin duda echaría de menos todo eso el día que tuviera que irme de allí.

—¡Chicos! ¡Buenos días! —Romak estaba ya sentado, esperándonos a los demás. Me apresuré como pude a saludarle y a darle las gracias por participar en la búsqueda de Siennah y la pulsera.

—¿Y cómo fue? ¿tuvisteis muchos obstáculos? — sabía que hacerle una pregunta así a Romak significaría que empezaría a crecerse y se apuntaría un éxito más para sus batallas.

—¡No ha sido nada, muchacho! Fue un simple paseo por los bosques, y al llegar a la frontera...

—Al llegar a la frontera fueron atacados por un grupo de Zutaks que aguardaban cualquier movimiento por vuestra parte y de hecho, se llevaron presos a diez de vuestros hombres.

Siennah acababa de hablar feroz y seriamente y todos los presentes en la sala nos quedamos un poco absortos. Troiik preguntó a algunos de los elfos que allí se encontraban si era eso cierto, a lo que uno de ellos respondió:

—Koa nos ordenó que no comentáramos nada con vosotros para no asustaos pero ella...

—Ella —dijo Siennah en un tono como de enfado— os ayudó a distraerles y tenéis suerte de estar vivos y de que sólo se llevaran a diez elfos, que, con suerte, y gracias a la magia, habrán conseguido escapar de esos ineptos. No me parece justo esconderles las noticias que se vayan sucediendo. Sin son parte de la profecía, deben también estar al tanto de todo lo que ocurra, ¿no?

Me encantaba oírla hablar así, ni siquiera aquellos

elfos eran capaces de hacerle callar cuando ella quería discutir.

En medio de todo aquel revuelo se abrió la puerta de la sala y el águila imperial púrpura y de ojos grandes y amarillos hizo su entrada, revoloteando por encima de nuestras cabezas y emitiendo uno de sus agudos y atronadores cantos.

Después se fue a posar, según Romak me iba relatando, sobre unos candelabros de plata que había en la mesa, cuyas velas estaban apagadas.

Como por arte de magia adoptó un tono de voz más humano y pudimos entender lo que quería decirnos.

—La pulsera ha sido hallada, como ya sabéis, por una joven elfa que será la encargada de llevar a cabo la parte más importante de la profecía, devolver la vista a Nortem colocándole la pulsera en su mano izquierda. Pero son tiempos difíciles y las cosas se nos complican cada día.

Noté que Siennah se había venido a sentar a mi lado y era ella ahora quien sujetaba mi mano y me iba describiendo lo que allí pasaba.

—La otra parte de nuestro ejército Voar— continuó diciendo el águila— partió hace dos días hacia Torkiam y aún no hemos sabido nada de ellos. El Rey Koa salió anoche, de madrugada, escoltado por algunos miembros de su guardia real, en búsqueda de Erin y de Iranis para dialogar con todo su clan y organizar así una pequeña "ceremonia de talentos" individual.

Se me revolvió la sangre. Aquella dichosa ceremonia es la que había irrumpido y puesto mi vida patas arriba por completo, y encima me había dejado sin optar a un futuro mejor, o al menos más seguro para mí.

—Esta será diferente, Nortem, y es imprescindible.

El águila estaba ahora leyendo mis pensamientos, y aunque reconozco que eso me incomodó un poco, al mismo tiempo aquel ave me inspiró mucha fuerza y paz. No podía decir lo mismo de los lobos, que no habían ni aparecido esa mañana...

—Para que la pulsera tenga su efecto sobre ti y puedas recibir la vista, tendrás que tener tu propia ceremonia de talentos y como consecuencia, también elegir tu identidad vital. Creo que en este aspecto ya has sido informado con anterioridad...

—Sí, su Majestad. Y por mi parte accederé a someterme a esa ceremonia. Puede ser hoy mismo, si es necesario.

Al parecer yo estaba más que seguro sobre la decisión a tomar acerca de mi futuro pero parece ser que había complicaciones.

—No es tan fácil, Nortem. La ceremonia debe ser oficiada por el cabecilla de tu clan, en este caso, la profetisa Iranis, algunos de los miembros más importantes de su consejo y la persona que encuentre la pulsera.

Apreté la mano de Siennah con más fuerza, como señal de agradecimiento.

—Necesitamos encontrar a Iranis y a Erin y traerles al Palacio. La ceremonia se realizará de forma más segura aquí. Por eso Koa y algunos más salieron en su búsqueda anoche. Y el tiempo apremia.

Noté entonces que Troiik se ponía en pie y como nervioso, comenzó a dar vueltas alrededor de la mesa.

—¡Yo iré en su búsqueda! —replicó nervioso pero decidido.

—¡Eso es una estupidez! —contestó Romak—. Sabes de sobra que resultarías herido, o incluso muerto, si te adentraras en una aventura así. Estamos bastante rodeados, Troiik.

—¿Así que ahora estamos "bastante rodeados", eh? Vaya, quizá sabes también el día y la hora exacta en la que vamos a morir y nos lo estás ocultando también...

—Sabes de sobra —prosiguió Romak—, que yo mismo iría contigo de nuevo en una misión, y te recuerdo, además, que es mi hermana la que está ahí fuera... pero no podemos dejarnos llevar sólo por nuestro impulso. Hay que pensar y actuar bien.

—Esperaremos a esta noche, les daremos un día más de margen y si no vuelven procederemos al plan de Troiik.

El águila fue la única que consiguió calmar a Troiik con sus palabras y el resto del día transcurrió como uno más. Grandes comilonas a lo largo del día para reponer fuerzas pero también mucho entrenamiento y trabajo físico. Siennah vino a verme a casi todos los entrenamientos. Se sentaba a la sombra de algún árbol mientras leía un libro.

Me ayudaba a trasladarme de una sala a otra... su compañía era grata y empezaba a temer que pudiera llegar a perderla en medio de esta guerra tan cruel y sangrienta.

Al atardecer, cuando ya caía el sol y el frío se iba

metiendo cada vez más en el cuerpo, Troiik y yo recogimos las armas y escudos que habíamos estado utilizando para practicar con Aka y Tir, y justo cuando nos dirigíamos a la puerta de entrada a palacio, escuchamos una estampida de caballos acercarse hacia donde estábamos, a toda velocidad.

No pasaron ni diez segundos y mi padre divisó a Erin en su caballo blanco, seguida de un buen número de elfos de la guardia real Voar, y detrás de ellos, formando una horrible nube de polvo, unos cien Zutaks enormes y asquerosos que venían detrás corriendo y sin ánimo de dejarles huir.

—¡Dejad paso! ¡Aprisa! —Erin gritó con voz guerrera e hizo sonar su cuerno de aviso para la batalla. Troiik y yo nos subimos de golpe a nuestro caballo y Siennah salió corriendo a su velocidad normal, que era mucho más rápida que la nuestra.

Entramos en palacio saltando del caballo, y sujetándome como pude, nos dirigimos a la sala principal del Palacio, que era mucho más alta y espaciosa que la que frecuentábamos normalmente.

Escuchamos cómo el portón central se cerraba con un estruendoso golpe, y cómo aquellos caballeros de la guardia subían las escaleras a toda prisa para encontrarse con nosotros.

—¡Hemos conjurado la puerta! ¡La hemos transformado en un tipo de hierro que no puede fundirse y eso nos dará algún tiempo para reponernos y deshacernos de ellos!

El rey Koa apareció de repente bajo un capuchón negro y largo y estaba malherido de un brazo. Cayó al suelo y se quedó allí tirado mientras otros elfos iban en busca de Erin.

—¡Dejadme a mi! —gritó ella entonces entrando en la sala y desprendiéndose de su correspondiente capuchón. Erin tocó la sangre de la herida de Koa y se la llevó a la nariz para examinarla. Ella también cayó al suelo, al igual que lo había hecho Koa segundos antes.

—¡¿Qué está pasando?! —gritó enfurecido mi padre.

Yo estaba igual o más nervioso que él. Todo eran obstáculos y no sabía cómo acabaría toda aquella situación, lo único que sabía es que en ese momento la cosa no pintaba nada bien. Me solté de la mano de Siennah y ambos nos dirigimos a atender a Erin, que seguía en el suelo. Seguía entrando gente en aquella sala y un grupo nuevo con capuchones hizo su aparición en ese momento. Iranis y algunos de los miembros de su consejo se desprendían ahora de sus capas y se acercaban hasta donde estábamos nosotros.

—¡Apartaos! ¡Dejadme examinarlos!—gritó Iranis haciéndose sitio entre nosotros dos.

—¡Es imposible! —exclamó Iranis—. Su propio fluido élfico debería estar ayudando a curar sus heridas y regenerar su piel. Deben de haber sido envenenados con algo.

Iranis hizo lo mismo que había hecho Erin minutos antes pero ella siguió allí, sin sentir el efecto que había causado que mi tía estuviera allí tumbada. Entonces recordé que Erin me había comentado en una ocasión que ella era inmune a todo tipo de plantas menos a una y que esto podría causarle graves daños.

—¡Un momento! —grité.

—¡Es algún tipo de planta, estoy seguro! Erin me dijo que era inmune a casi todas las plantas de la zona pero que había una que podía hacerle mucho daño, incluso causarle la muerte, si no se atendía pronto.

Nunca quiso decirme de qué planta se trataba porque ella misma podía correr peligro.

Iranis siguió investigando y nos ordenó que no nos acercáramos a los cuerpos, por si nosotros también nos contagiábamos.

—Es *Kalaf* —dijo entonces Iranis muy seria y bajando el tono de su voz. Es una planta venenosa que no tiene por qué afectar al ser humano pero que sí puede afectar a algunos elfos. Nuestro fluido es fuerte pero no es compatible con esta planta y algunos elfos pueden contraer graves enfermedades.

Al parecer, tanto Erin como Koa han sido envenenados con esta planta. Erin es posible que salga con vida, ya que sólo ha afectado a la superficie de la piel de sus dedos —Iranis decía esto mientras limpiaba la sangre de los dedos de Erin con un paño húmedo—, pero Koa ha sido traspasado con una flecha de punta gruesa impregnada de la savia de esta planta. Sus tejidos se están debilitando y aunque cerremos su herida dependerá de su propia fuerza de voluntad que siga vivo.

A Koa se lo llevaron para curarle más detenidamente a una sala preparada especialmente para heridos en batalla y a Erin la llevaron a su aposento, donde la ungieron con aceite de jazmín y la dejaron reposar para que volviera en sí. Troiik estaba malhumorado y triste a la vez.

Siennah iba de un lado para otro, intentando calmarnos a los dos, yendo a ver cómo estaba Erin, comprobando que el portón central siguiera sellado con el hierro especial, y que los Zutaks se mantuvieran fuera y sin atacarnos.

Toda la tropa real de Koa se había preparado ya y establecido en las diferentes áreas estratégicas del palacio. Torres, mazmorras, murallas... no quedaba en palacio ni un sólo hueco sin atender por el que pudiera colarse un solo Zutak. Yo mismo me infundí en el uniforme militar Voar.

Aquellos que me habían dado cobijo, alimento, protección y todo el entrenamiento necesario para enfrentarme a una guerra, se merecían mi ayuda en estos momentos. No iba a esperar a poder ver, quizá ese día no llegaría tan pronto como yo esperaba, o quizá simplemente no llegaría.

Sentí que era tiempo de actuar, de ponerme en pie y de luchar al lado de aquellos que habían creído en mí. Siennah no quiso que yo entrara en batalla, aun no. Era peligroso y los dos lo sabíamos.

Pero no podía quedarme quieto. Hasta el bueno de Troiik había acudido para ayudar en una de las torres del palacio. Yo no iba a ser menos.

—¡Reza a Eak con todas tus fuerzas para que vuelvas a verme!

Y sujetando con fuerza sus brazos, la acerqué a mi y me fundí en un beso que jamás había pensado que llegaría a dar. Ese beso que yo había guardado conmigo para la persona que me robara el corazón... y que algún día me lo devolviera. Esa persona era Siennah.

Continuará…

Made in the USA
Charleston, SC
14 January 2013